함께 추락하러 왔어요

함께 추락하러 왔어요

서덕준
시선집

위즈덤하우스

고통과 슬픔 같은 것들은 습한 속성을 갖고 있어서 삶을 쉽게 무르게 만듭니다. 그렇게 물러진 삶에는 누군가 밟고 간 발자국이나 할퀴고 간 흉터들이 쉽게 남기도 합니다.

그 흔적들은 곧 나를 괴롭히는 해로운 감정으로 변모하여 삶의 담장을 기어오르고, 살아내는 것을 포기하게 만들도록 벼랑 끝까지 추격해옵니다. 추락만이 유일한 삶의 경로인 것처럼 생각케 합니다.

흙은 밟을수록 단단해지고 평탄해집니다. 그리고 밟히는 일을 참고 견디다 보면 흙은 이내 곧 길이 됩니다. 삶도 크게 다르지 않습니다. 무르고 병든 삶일지라도 사는 것을 포기하지 않고 멈추지 않는다면 언젠가 인생은 단단해질 것이라 믿습니다.

여전히 추락만이 유일한 삶의 경로처럼 느껴지고 아직도 삶은 온전한 길이 되지 못했습니다만, 시가 주는 치유력을 바탕으로 제 인생이 고통의 무늬를 탈피하며 단단한 길이 되어가는 과정을 써보려 합니다. 이 책을 통해서 감히 함께 추락하고자 합니다. 그리고 함께 단단한 길이 되겠습니다.

2026년 늦겨울에

서덕준

차례

1부

실패가 두렵지 않은 세계를 써볼게

고요한 항해

고요한 항해를 시작해요
한 호흡을 우리 동시에 잇다가
함께 숨을 참고
물 밑을 바라보는 그 순간의 광경

중력은 그저 설화처럼
별과 바람이 우거진 하늘은 물 아래 잠겼고
야밤에 도망을 나온 등 푸른 인어들이 있고

흰 돛이 우뚝 서 있는 동안
겁도 없이 치닫는 너울에
우린 껴안고 뒤집어진 채

영혼의 틈새로 침범하지 못하도록
우리의 곶과 만이 속속들이 맞닿도록
서로의 영혼을 포개어 끝단을 붉은 실로 꿰매요

그렇게 사랑은 항해를 계속할 거예요

심해의 검은 살결을 어루만지며
반짝이는 은빛 비늘에 우리의 존재를 맹세하고서
흰 돛을 더욱 팽팽하게 당길 거예요

고요한 항해의 여독이 끝도 없도록
우리가 끝이 없을 때까지

등의 빈틈을 깁고

등에는 언어가 있다
뒤돌아 누운 당신 등에 대고
가엽다는 말을 자꾸 덧대었다

문장을 더할수록 굽어가는 등
침대에는 달이 뜨고 기운다

뿌리처럼 메마르고 성긴
그 등의 능선에 파도치는
밤 그늘
그늘은 당신의 가난보다 차갑고

긴 밤 나의 꿈 끝단을 찢어
당신 등의 빈틈을 깁고는

가여운 당신을
나는 사랑하기로 마음먹었다

당신께 고맙다

세월 다 건너
변하지 않는 돌올한 마음을 넘어
눈물을 구겨 신고 수많은 계절을 건너
꽃말이란 꽃말은 다 등에 업고
아주 무너져가는 종점인 여기에
우주 바깥에서도 사랑은 사랑이라 불릴 것처럼
굴곡 없는 속도로 여기까지 온
당신께 고맙다

시로 지은 세계

이 시 제목 어때
너랑 어울리는 것 같아?
어서 들어와 쉽게 들어올 수 있도록
제목의 경첩에다 잔뜩 기름칠을 더했어

네가 시 밖으로 도망가지 않으면 좋겠어
더 넓게 광활하게 시어를 쌓고 쌓아
여기가 시로 지은 세계인 줄도 모르게 할게

벽으로 날아가는 새도 시, 사금이 모래로 숨은 강물
도 시
서성이는 행인들도 시, 삼엄한 침엽수들도 시, 자욱
한 죽음도 시
생명의 죄목도 시, 죄다 시

시 안에 가두고 싶어
달큼한 이 세계로의 현혹이 영원하도록

수백수천 년 동안

아니 수천 년이 아닌 수천 연聯 동안 말이야

실패가 두렵지 않은 세계를 써볼게

사는 것에 증명 따위 필요 없는 그런

시로 지은 세계를 너에게 써줄게

아카시아와 여덟 살의 엽서

블라인드의 덧니 사이로 빛이 지저귑니다. 오후가 보낸 엽서예요. 한번 열어볼까요?

동봉된 빛에는 석곡동 개여울을 유랑하는 소리가 발을 담그고 있습니다. 엽서의 첫 줄에서는 네발자전거가 삐걱거려요. 맨발의 여덟 살 아이가 아카시아 잎을 세고 있습니다. 베개 위에 아이를 눕히고 책을 읽어주는 여자가 있고 광대뼈가 도드라진 사내는 새로 짠 액자 틀에 삶을 청구하고 있습니다.

엽서의 두 번째 문단에는 도라지꽃처럼 잉크가 번져 있어요. 나는 잠시 눈을 감고 그 보랏빛 우물에 뺨을 대어봅니다. 바람이 지나간 활자마다 어린 사슴이 뛰어다녀요. 제비 색이 잘 어울리는 여자는 다음 문장에 그어진 밑줄 위로 흰 이불을 널고 있습니다. 여자는 채도가 낮아졌을 뿐 지금과 달라진 건 별로 없습니다. 물결 친 문장의 강변으로 어느 남자의 일기장이 떠밀려 옵

니다. 개여울에는 사금이 빛나고 녹음된 물소리가 문
장의 마침표를 찍어요.

엽서 아래의 보내는 날짜엔 가랑비가 내리고 있고,
숫자마다 토끼풀이 자랍니다. 엽서의 귀퉁이로 네발자
전거가 한 바퀴를 돌아서 나가요. 보내는 이의 이름 옆
으로 여덟 살 아이가 맨발로 달려와서 아카시아 잎을
내려놓고는 우리 다음에 꼭 만나자고 합니다.

지저귀는 빛이 서서히 잦아들고는 이내 그늘이 찾
아듭니다. 엽서를 이제 놓아줄 시간이에요. 블라인드
밖으로 엽서 속의 어린 사슴들이 달려 나갑니다. 손금
을 원고지 삼아 답장을 해요. 그때의 아름다운 기억과
문장과 여러 장의 토끼풀, 그리고 아카시아 잎들이 지
금의 나를 살게 한다고 썼습니다.

그늘이 페이드아웃 되고 빛이 다시 지저귈 때를 기

다립니다. 속살거리는 볕의 날갯짓이 여덟 살의 나에
게 이 답장을 보내줄 때까지요.

너 와락 죽어버리는 거 아니지?

너 오늘도 통증을 등에 업고 삶을 걸었지

점막이 다 헐어버린 마음에 12월 찬 바람이 드나드는데 시린 것도 몰랐어?

사람의 마음이 검어지는 것이 너 얼마나 무서운 일인지 아니

네가 자꾸 명도를 잃어가는 것 같은 생각이 나를 덩굴처럼 동여매는데

틀렸지? 내 생각이 틀린 거 맞지

너 와락 죽어버리는 건 아니지?

죄다 메말라버렸으면서 그 눈물은 다 어디서 길어올리는 건지

네 울음이 내 마음에 찰과상을 입히는 걸 너는 아니

끓는점이 가장 높은 문장들만 가져왔으니 좀 가져다 읽어볼래?

지문으로 가만히 문장을 읊으면서 꿈으로 하룻밤 도망가는 건 어때

오래 걸어 잠근 방의 이끼가 숲이 될 때까지

너 잠깐 도망가 있는 건 어때?

아픈 걸 견딘다고 삶이 참아지는 것도 아닌데
견딘다고 헐어버린 마음에 살이 돋는 것도 아닌데
왜 잔돌 무너지는 벼랑처럼 살고
웃는 것이 죄처럼 사는 거야 왜

푸른 별에게

머릿결을 헤엄하는 청백색 그 별에
디딜 곳 잃은 나를 초대해줄래
궤도의 지름길을 따라 걷는 내게
은하의 슬픈 광경을 보여줄래

진폭이 커지는
요동하는
균열하는 입술에
영원히 소진되지 않는 숨결을 덧대어줄래
보풀이 일지 않는 홧홧한 심장의 벽면에다
고백을 고함하는 낙서를 적어줄래

빙하기를 쫓아 절벽을 달리는 벌깨풀처럼
실밥이 풀어지지 않는 노래를 불러줄래
중력이 없는 눈동자에 숨어든 내게
북쪽에서 떠오르는 푸른색 항성을 보여줄래

네 모든 지문 사이의 고랑에다
생명이 범람하는 씨앗을 심을게
나는 억겁 동안 푸르렀던 적이 없거든

나를 사랑하는 만큼 잔뜩 피워줄래

죽음에 불을 지른다고
죽음이 화상 입는 것은 아니다

낮게 사선으로 해가 길어지는 날이면
그림자 길도록 강변에 머무는 늦은 계절에
살갗에는 내게 해로운 운명들이 담을 오르고
나는 낙엽의 뒷면처럼 다 저물어간다

겨울에는 있던 것이 봄에는 없을 수 있는 건 무엇일까
그 불안의 답이 내 이름은 아니길 기도하는 저녁
죽음에 불을 지른다고 죽음이 화상 입는 것도 아닌데
전생에 나는 해로운 운명에 불을 지르려다 실수로
스스로를 태웠을까
그래서 이번 생을 내내 불더미 속을 걸었나

해는 낮은 사선으로 길어지지만 어쩌면 나에게는
한 번도 당도하지 않았을지 모른다
그림자 길도록 강변에 머무는 늦은 계절에
나만 다 저물어가고

사랑은 비문

수천을 읽어도 이해되지 않는 비문을
수만의 환생을 거듭하는 길목 어귀에 새겨두고
영원 동안 읽으며 진리로 삼는 것이
그것이 사랑이지

초여름 협주곡

초여름이 움을 트게 하는 못갖춘마디 속에
열매처럼 서 있는 아이들의 웃음소리

마음이 가난한 자에게도
모든 흥이 덮이도록
일천 일만의 잎이 자라요

잠깐 피었다 지는 꽃도
꽃말을 이야기하는데

나는 더욱 오래도록 생을 이야기하는
잎말의 문장에 귀를 기울일래요

세상의 바깥에도
따가운 삶의 모서리에도

더운 계절은 찾아오고

모서리마다 푸른 덩굴들이 화음을 쌓아요

잎말에 온몸을 기대어 활자를 베고 누우면
귓가에선 새들의 소리 야생초의 소리

계절의 온도를 조음하는
초여름 협주곡

아름답고도 다정한 식물들이여

저마다의 식물은 각자의 자세로 기지개를 켠다
빳빳한 초록의 옷감을 바람에 펄럭이기도 하고
만물에게 안녕을 묻는 듯 손뼉을 흔들기도 하고
은연한 표정으로 고개를 기울면서 민틋한 머리칼을
흔들기도 한다
단칸방 안에는 해가 뜨지 않는데 식물들은 그들만
의 방법으로 시간을 세며
공기 중에 풀 내음을 지문처럼 남기면서 하루를 시
작하고 끝을 맺는다

잎 그늘 아래는 집 먼지들이 재잘거린다
싱크대 수전에서 툭툭 떨어지는 물방울이 깊은 샘
을 모사하는 다섯 평의 산맥
우리 집은 식물이 사는 작은 숲이다

어느 날 화분째 버려진 식물을 집으로 데려왔다
군데군데 누렇게 썩어 가쁜 숨을 헐떡이고 있는

화분 테두리에 가까스로 고개를 걸치고 있는

누가 너를 버렸을까

죽은 잎을 정리하고서
상처투성이 몸에 물을 가득 붓는다
상처에 닿는 물이 쓰라린지 아니면 따가운 마음을
핑계로 우는 법을 배우고 있는지
다섯 평의 작은 숲에 평소보다 더 짙은 풀 내음이 몰
아 닥친다

낯선 식물이여
무사히 우리 집에 와 줘서 고맙다

저마다의 식물은 젖은 머리를 볕에 말리기도 하고
방금 돋은 새순으로 창문 너머로 불어오는 바람을
마중하기도 하며

계절을 제대로 배운 적도 없으면서 때가 되면 꽃을
틔워서는
다섯 평 좁은 숲에 혼자만 심장이 있는 이를 위해
더욱 깊어진 생명의 힘을 힘껏 내쉬기도 한다

엄마가 너무 보고 싶거나
마음에 고름이 잡히고 염증투성이 몸이 아프거나
사는 게 역겨워서 눈물이 나올 것 같을 때는
흙에 고요히 물을 준다

금세 흙 속으로 스미는 물의 경로를 보며
눈물이 삶 속으로 얼마나 빠르게 흡수되는지
삶을 얼마나 물먹게 만드는지를 알게 된다

눈물은 사람에게도 과습이 생기게 한다

세상에서 가장 좁고 짧은 산맥의 식물들은

호흡하고, 새순을 내고, 꽃을 틔우고, 물을 머금고,
지친 삶이 조금씩 부서지며 흘리는 부스러기를 먹
어 치운다
집을 비운 동안 한 잎 가득 햇빛을 머금었다가
침대에 몸을 누일 늦은 시각에
짙푸른 내음을 크게 호흡하며
머리맡에 따뜻한 그늘을 내어준다

아름답고도 다정한 식물들이여
나의 산맥과 숲이 돼줘서 참으로 고맙다.

시금치 무침

시금치 두 단만 주세요.

시장 한구석 좌판에서 흙 묻은 시금치 두 단을 샀다. 허리를 붉은 끈으로 동여맨 작고 빼곡한 활엽수, 숲이 누워 있다. 밭이라는 것은 소인들을 위한 숲일 수도 있겠다는 생각을 했다. 푸석푸석한 방에 돌아와 한 번 씻어다가 뿌리를 다듬고 끓는 물에 한소끔 시금치를 데쳤다. 잠깐 머뭇거렸을 뿐인데 군데군데 짓무른 상처가 나 생기를 잃고 시들해졌다. 이래서 사람도 끓는 마음으로 살다 보면 금세 시들고 마는 것인가. 나는 시금치 무치는 법을 대충 배워다가 두 단을 무쳐서 한 주먹 되는 무침을 만들었다. 울창한 숲을 무쳤더니 씨앗만 해졌다. 맛은 형편없었다. 한때는 산안개 아래에서 바람에 몸을 씻고, 한때는 질긴 목숨이자 억척스러운 생명이었을 이 울창한 씨앗을 나는 도저히 버릴 수가 없어서 꼭꼭 씹어 삼켰다.

시장 한구석 똑같은 좌판에서 또다시 흙 묻은 시금치 두 단을 샀다. 죄책감에 그 누워 있는 숲을 오래 둘러보지도 못한 채 "아무거나 주세요" 하고 집어 들었다. 새끼손가락 끝에 시금치를 묶은 붉은 끈을 걸어다가 황급히 집으로 돌아와 시금치 무침을 준비한다.

또 한 번 씻어다가 또 뿌리를 다듬고 이번에는 빠르게 시금치를 데쳐다가 얼른 꺼내 찬물에 담갔다. 물에 잠겨 짙푸른 머리칼을 흔드는 시금치, 연약한 줄기 틈 사이로 초록빛 물이 숨 쉰다. 나는 비로소 안도한다.

해가 기울어가며 초록빛 물에 잔잔히 촛불을 켜는 오후에 나는 엄마한테 전화를 걸었다. "엄마, 시금치 무치는 방법 좀 알려줘." "엄마가 해주던 맛이 안 나." "여섯 살 적 공원으로 소풍 갔을 때 엄마랑 나눠 먹었던 도시락에서 났던 그 맛이 안 나." 엄마가 알려주는 대로 손을 움직이는 동안에 창문이 열려 있는 마음 안으로 산안개가 떠내려온다. 바람에 몸을 씻던 질긴 목숨을 살살 주무른다. 좁은 집에서는 어느덧 공원의 남쪽에서 떠밀려 온 냄새가 나기 시작한다. 적절하게 잘 데쳐진 시금치

와는 다르게, 이미 반백 년 넘게 펄펄 끓는 마음으로 살아온 엄마의 목소리는 이제 너무 짓물렀고 푸른 색깔이 없었다.

시금치 무치는 법을 읊는 엄마의 캄캄한 음성. 마음의 전등을 다 끄고 캄캄하게 울다가, 마음도 너무 오래 데치면 안 되니까 어서 울음을 그친다. 하지만 방음이 되지 않는 마음이라 엄마가 이미 들었을지도 모르겠다. "응 엄마, 듣고 있어 그다음에는?"

산안개를 등에 업은 숲은 엄마의 냄새를 걸쳐 입고 다시금 씨앗만 해졌다. 시금치 무침, 비로소 엄마가 해주던 맛이 난다. 여섯 살 공원의 남쪽에서 나눠 먹었던 엄마의 맛. 엄마가 없이도 이제 엄마의 맛을 흉내 낼 수 있게 됐다. 근데 나는 그게 너무도 싫고 또 무서웠다.

그 집

주름치마 같던 흰 슬레이트 지붕이 예뻤던 집에 아빠와 내가 있었다. 스포츠머리처럼 늘 까끌하게 정갈했던 잔디에 구석구석 잡초가 얼굴을 내비치던 곳, 나의 첫 강아지 미미라는 보더콜리 믹스견이 찌그러진 양은 냄비에다 밥을 먹던 곳, 우리 세 식구가 딱 알맞게 일굴 만했던 텃밭, 바람이 불면 집 뒤편에 무성했던 대나무숲에서 해일처럼 범람하던 숲 냄새, 그 집에 아빠와 내가 있었다.

나무껍질처럼 벗겨지다 만 모포를 둘러쓴 그 집 창고에는 아빠의 낡은 통기타와 낚싯대 몇 대가 있었다. 아들을 사랑하는 방법은 단지 이름을 불러주는 게 전부였던 그의 천성과 참 어울렸던 취미, 칠흑의 시간에 나의 이름을 부르며 낚시를 데려가는 것으로 사랑을 대신했던 그 집.

산어귀 작은 마을, 앵두와 감나무가 우거지고 수선화와 파꽃이 긴 호흡을 계속하던 집은 고작 십 대였던 아빠에게 부모님이 주신 마지막 선물이었다. 훗날 그 집을 떠나는 것이 마치 망국을 뒤로하는 일인 듯하던 이유를 나는 나이를 먹고서야 알게 되었다. 아빠도 자신을 지켜줄 아빠가 필요했기 때문이었을 것이다.

죽은 이끼들이 슬레이트 지붕의 끝단을 물들였고 나의 첫 강아지 미미는 더 이상은 꼬리를 흔들지 않고 앵두와 감나무, 그리고 수선화와 파꽃이 흙으로 되돌아간 집에 이제 아빠와 나는 거기 없게 되었다. 모포를 둘러쓴 창고는 메마른 척추만 남았고 아빠의 낡은 통기타와 낚싯대도 이제는 어디 갔는지 모르게 되었다.

하지만 여전히 그 자리에 남아 있는 것은 있었다. 모든 것이 흙으로 되돌아가도 끝까지 불변하는 것들. 고작 십 대였던 아빠에게 부모님이 물려준 사랑이 그곳에 남아 있었고, 아빠의 작은 꿈들이 남아 있었고, 칠흑의 시간에 나의 이름을 부르며 낚시를 데려가는 것으로 사랑을 대신했던 나와 아빠의 시절이 그곳에 남아 있었다.

그렇게 영원히 변하지 않는 것들은 그 집에서 지금까
지도 나와 아빠를 기다리고 있다.

천진난만

“선생님.”

　나를 불러주는 아이들의 입 모양을 꽤 좋아한다. 던댕님이랄지 턴탱님이랄지 각자 혀와 치아의 사정에 맞게 제멋대로 부르곤 하지만, 마지막에 ‘님’ 하고 끝냈을 때의 그 결연하면서도 앙증맞게 호선을 그리는 입 모양과 맑은 우물처럼 찰랑거리는 눈동자가 나를 정결케 한다. “응, 이번에는 무슨 일일까?” 하고 가만 쳐다보고 있으면 수가 뻔히 보이는 줄거리를 지저귀며 모이처럼 칭찬을 받아먹을 준비를 한다.

　칭찬을 머금은 발그스름한 얼굴들이 참으로 좋다. 칭찬에게 색과 온기를 부여한다면, 명확히는 모르겠으나

저들의 뺨처럼 붉을 것이고 온도는 잔뜩 상기된 어깨에 손을 얹었을 때 느껴지는 체온쯤 될 것이라는 생각을 했다.

저들의 맑은 영혼 속 정결한 우물에 다른 것들이 침범하기 전에, 내리쬐지만 너무 뜨겁지 않은 칭찬의 말들을 줄로 엮어다가 영원히 녹지 않는 단단한 기쁨을 그 우물 속에 숨겨두고 싶어진다.

천진난만하다는 말은 마치 제철처럼 아이들에게 가장 걸맞은 옷이다. '말이나 행동에 아무런 꾸밈이 없이 그대로 나타날 만큼 순진하고 천진하다'라는 뜻인데, 나는 이 단어를 둘로 갈랐을 때 '난만하다'라는 단어에 더 눈길이 가는 것이다. '꽃이 활짝 많이 피어 화려하다, 어지러울 정도로 강하고 선명하다'라는 뜻. 아이들마다 가진 각각의 맑은 물가에는 범접하기 어려울 정도로 빽빽한 꽃봉오리가 있다. 성장통이라는 거름으로 어떤 꽃을 휘황하게 피워낼지는 저마다의 몫일 것이다. 나를 부르며 잔뜩 들썩이는 따뜻한 어깨에 손을 얹으며, 어지러울 정도로 강하고 선명한 미래의 굵은 줄기를 함께 느껴보곤 한다.

복효근 시인이 쓰신 「안개꽃」이라는 제목의 시가 있다. "나로 하여 네가 아름다울 수 있다면 네 몫의 축복

뒤에서 나는 안개처럼 스러지는 다만 너의 배경이어도 좋다"라는 구절에 담긴 두텁고도 성스러운 마음을 떠올린다. 나에게 이 시는 처음 읽었을 때부터 아이들에 대한 마음이었다. 나는 욕심이 많고 삶이 충분히 후숙되지 않았기에 배경이 되는 사랑을 아직 배우지 못했다. 그럼에도 불구하고 나는 아이들 앞에 선 첫 순간부터 배경이길 선택했다. 평생 배우지 못했던 것을 맑은 우물처럼 찰랑거리는 눈동자들이 나를 단숨에 가르친 것이다.

나라는 배경도 교실 안에서 아이들과 함께 있을 때야 비로소 배경다운 배경이 된다. 난만한 꽃들이 있음에 비로소 안개꽃도 아름다울 수 있듯이.

나를 다녀간 여러 이름들의 난만함과 한껏 지저귀던 입 모양들 그리고 경이롭도록 맑은 영혼들이 나중 어딘가에서도 끝없이 빛나기를 바란다. 영혼 속 우물 밑에 숨겨둔, 영원히 녹지 않는 단단한 기쁨이 그들의 삶에 든든한 연료가 되길.

난로 청소

난로를 꺼내기로 했다. 굉장히 게을렀던 작년의 나는 덮개도 제대로 봉하지 않은 채 베란다 구석에 난로를 두었고 내년의 나에게 난로 청소를 떠넘겼다. 눈에 보이지 않으면 시간도 먼지도 존재조차도 모두 멈추지 않는가, 하는 되지도 않는 안일함을 중얼거리며 "덮개를 써도 내년에 또 청소하게 될 텐데, 뭘"이라는 말을 모포처럼 펼쳐다가 난로 위로 투명하게 덮었을 것이다. 기억이 제대로 나지는 않지만 적어도 나의 천성을 생각하면 그러고도 남았다.

나는 그에게 된통 당했다고 생각하며 귀찮은 난로 청소를 시작한다. 해묵은 먼지는 얇은 지층이 되어 있었는데, 이곳은 자주 드나들지도 않는 데다가 맞바람이

치는 곳도 아니어서 사전적인 의미 그대로 시간이 멈춘 듯한 공간이다. 그런데도 이 좁디좁은 사각의 베란다 모양 행성에도 먼지가 있고 옷감의 보풀이 있고 정체를 알 수 없는 행성의 구성 성분들이 있었나 보다. 빨간 난로의 차가운 정수리에 쌓인 먼지를 검지로 쓰윽 훑고는 자세히 관찰해본다. 낙하산도 없이 착지한 먼지들이 빽빽하게 터를 잡고 있었다. '이 먼지들을 모아다가 난롯불에 뿌린다면 더 활활 타오를까?'라는 생각을 하며 내 마음속을 들여다보기 시작한다.

삶에 주유되는 연료가 없는데도 영원의 불꽃처럼 마음속 난로가 타오르던 때가 있었다. 오랜 수험 생활과 잦은 실패들이라든가, 사랑의 이율배반이나 잉태된 지 얼마 안 된 혼란 같은 것들도 난로의 불꽃을 쉽게 끄지 못했다. 그 끝없는 화력이 나를 살게 했고 작동시켰다. 삶이 얼어붙는 순간에도 몸을 녹이는 제 역할을 충분히 다했으며, 흥이 많은 타인들까지 제법 데워줄 수 있는 충분한 불씨였기도 했다.

하지만 지금 마음속 한구석에 덮개도 제대로 씌워지지 않은 채 놓인 이 난로에는 십수 년의 먼지가 설산처럼 쌓여 있다. 난로는 굳이 손을 가까이하지 않아도 식어 있다는 것을 알 수 있었다. 충분히 다시 점화시킬 수 있는 연료가 내 안에 가득함에도 불구하고 좀처럼 점화를 위한 스파크가 일지 않는다.

난로를 깨끗이 청소하고 추운 방으로 끌고 들어왔다. 밸브를 조심히 돌리니, 마치 난로가 멈췄던 호흡을 다시 하듯이 작은 한숨 소리를 내며 연료가 주입되기 시작한다. 일 년 동안 멎어 있던 호흡이 다시 돌아와서일까, 점화 스위치를 누르자 작은 벼락처럼 참아왔던 스파크가 한꺼번에 인다. 이내 잔잔한 불의 껍질이 난로 벽을 담쟁이처럼 감싸 오르고 난로와 가까이 마주 앉은 양 볼에 온기가 등반하기 시작한다. 아이 따뜻해라.
이 순간만큼은 난로가 태양이고 열기가 햇빛처럼 느껴진다. 오로지 나를 위해 1억 5천만 킬로미터를 건너오는 나만의 햇빛인 것만 같다.

한참이나 가만히 쬐고 있다가 문득 아까 생각했던 궁금증이 떠올랐다. 먼지들을 모아다가 난롯불에 뿌린다면 어떻게 될까 하는 생각. 집 안의 먼지들을 마치 시료처럼 채취하다가 난롯불에 조심스레 뿌려본다. 놀라서 황급히 고개를 뗐다. 먼지는 마치 태양의 흑점 폭발처럼 구체의 모양으로 빠르게 타오르다 사라졌다. 그리고 다시금 잔잔해지는 불.

아까보다는 살짝 거리를 띄우고 무릎을 잡고 앉아 마

음속에 수북이 쌓인 삶의 먼지와 다 식어버린 난로를 생각한다. 나를 다시금 타오르게 할 스파크는 무엇일까. 주입할 연료가 충만해진 어른이 된 나에게는 어떤 자그마한 벼락이 필요할까.

마음속 난로가 언젠가 다시 한가운데로 꺼내지고, 오랜만에 몰아쉰 호흡처럼 연료가 주입되고, 작은 벼락처럼 스파크가 일고, 다시 눈을 뜬 불의 담쟁이가 마음의 벽을 모두 감싸 오르는 때가 오면 나는 난로 청소를 하지 않을 거라고 다짐해본다. 가득 쌓인 삶의 먼지, 그 잿빛 지층을 허물고서 그것들을 모아다가 타오르는 난롯불에 죄다 뿌려버릴 것이다. 오래 묵은 그 나태한 먼지들로 인해 난롯불이 더욱 활활 타오르게 둘 것이다.

삶의 불씨가 다시는 꺼지지 않도록. 그 불의 범람이 남은 삶 동안에 나를 계속 작동시키고, 나를 계속해서 살게 하도록.

2부

함께 추락하러 왔어요

하나 둘 셋

눈을 감고 가만히 생각했어
삼엄한 푸르름이 몰아닥치는 밤의 깊이를 말이야
깊은 어둠의 밀도에 몸을 맡기며
색도 빛도 없이 그저 뛰어드는 너와 나를,
순진한 어둠에 잠수하는 우리를 말이야

자 하나 둘 셋, 하면 우리 같이 두 눈을 떠볼래
밤의 물속에서 반짝거리는 눈동자
잘게 부스러진 달의 파편이 수면을 비추고
폐부 끝까지 밀물 치는 서로의 호흡

거품처럼 수천 개의 달이 뜨고 질수록
우리의 밤은 더욱 깊지

자 하나 둘 셋,
밤새도록 깊이도 모른 채
서로에게 잠수해볼래

서른넷

하나는 성급하게 펼치다 찢긴 불운의 표지, 넷은 실수로 돌담 아래 투신해버린 불확실했던 추락, 생때같은 여덟은 불운과 어둠으로의 입학이었고 열둘은 태초의 개복이자 늑막 사이로 흐르는 송진 자국, 열일곱은 몰골법으로 물든 시큼했던 사랑, 스물은 접질린 부정출발이자 실패한 경주였으며 스물넷은 혀와 식도가 허물어지던 징그러운 첫사랑의 엔딩, 스물여섯은 흰 벽지에 핏발이 번지는 청춘이었고 스물아홉은 육신에 박힌 쇠말뚝을 잡아당기던 소름의 몸짓, 서른하나는 오르막을 오르던 상습적인 자살이었으며, 서른넷은 삶에 그만 정이 깊어 떠나지 못한다는 꽃말을 가진 작약, 지칠 대로 지쳐버린, 검은 작약 무더기.

과습

그늘진 삶에는
남들이 모르는 나의 벼랑이 있지
작은 것들이 매일 무너지는 곳
파도가 치밀어 오르는 곳에
앉을 곳 없이 서성이는 내가 있지

해안선에 묻어둔 내 일기 너 혹시 봤니
사는 게 원래 이렇게 지긋하고 지치니
눈물에는 썰물이 없어서 늘 차오르기만 하는 곳
그래서 나는 늘 과습이며
죽어가는 화분에는 끝없이 하엽이 지고
수몰되는 우리 집

눈이 나빠서 매번 찡그려야만 선명했던 것들
사는 것도 마찬가지일 줄이야
선잠이 흐릿해질수록 선명해지는 악몽의 줄기

헛웃음 나는, 매일이 이명 같은,

듣기 싫은, 질긴 목숨

슬픔의 내성

불 꺼진 현관에
신발을 벗는다

신발 밑창에는
까맣게 웅덩이진 끈끈한 슬픔이 있다
비겁하기만 했던 하루를
하루 종일 비벼 끈 자국들

감당할 수 없이
지구의 껍질 아래로
나를 자꾸 엎드리게 하는
부력이 큰 내 안의 절망

바닥에 볼을 대고 누워
세상이 호흡하는 소리를 듣는다
아름답기도 하지
소라 껍데기에서나 듣던

허구의 이야기인 것만 같은
내성이 생긴 슬픔의 병증

우는 일도
이제는 질린다

장례와 전생의 밤

잠은 전생에 죽음을 목도했다는 흔적인데

잘 때마다 네 꿈을 꾸는 것은

너를 참혹하게도 사랑하다 죽었다는 거겠지

함께 길이 되려 왔어요

저기요
들려줄 이야기가 많은데
함께 추락하러 왔어요
썩은 살구처럼

습한 바닥에는
노래가 있고
평생 간직한 다정함이 있고
영원한 장애가 있고
당신과 내가 있어요

마음을 천 번쯤 읽다 보면
나도 당신이 될까요

이번 여름이 얼마나 혹독한지
예고 없는 풍랑은 생의 닻을 몇이나 부러뜨렸는지
이제 다 헐어버린 삶의 경로

저기요
흙은 밟을수록 단단한 길이 돼요

함께 길이 되러 왔어요
흙처럼
단단한 인생처럼

여름의 후렴구

책상에 턱을 괴고
우리는 오래도록 서로에게 접질렸지

곱슬머리가 마치 구름의 무늬 같다는 생각을 했다
누구도 함락시키지 못할 그 여름의 궁전

파문을 일으키는 초록의 세계에서
너는 어떤 꿈을 꾸고 있니

호선을 그리며 멀어지는 여름의 후렴구
작은 손짓으로 안녕을 묻고
너는 계절의 경첩을 깜빡이며 미소 짓지

여름이 저물어가는구나
마음이 익어간다

직녀 교향곡

네가 원한다면 나는
수천수만의 별들을 짜맞추어
너만의 궁전을 지어줄 수 있어

나의 핏줄로 악보를 짓고
너를 쏙 빼닮은 꽃을 음표로 삼은
당신만의 웅장한 연주를 기대해도 좋아

말만 해, 이번엔 뭐가 필요해?
내 마음?
아니면 내 목숨?

여름 과일

너 내 마음 모두 표절한 거 맞지?
멍이 든 갈비뼈의 능선 끝에 입을 맞추고는
창백한 멍 자국을 훔쳐갔지
멍든 마음 다 들통난 거 맞지?

그래 그렇지
좋아 너도 나처럼 시들어가는 거야
그렇게 사랑은 껍질 없이
먹먹하게 갈변하는 것

접시 위에 놓인 나
잔뜩 베어 문 너의 멍이 든 입술
갈변한 속살 안으로 파고드는 불멸의 벌레
과일의 척추에 벼락처럼 내리치는 멍 자국

엉킨 과육 사이로 시들어가는
그러나 썩지 못하는

멸렬하는
처참한 사랑

눈물의 속력

그럼에도 불구하고 사랑이었을까
이 지리멸렬한 인연의 우화를
나는 왜 그렇게 단숨에 외웠을까

언제부터인가 선잠에는 백야만이 찾아들고
침묵의 언덕 위 너와 내가 마주하는 꿈

악몽에서의 경주는 끝없고
항상 마음보다 더딘 눈물의 속력
과속했던 마음이 저만치 가 있는 동안
눈물이 어서 따라올 수 있도록
나는 더욱 울어야 했지

우리의 우화에 그만 방점을 찍어볼까
꿈의 경주는 끝내고
난파한 이 사랑에서
우리 이제 그만 내릴까?

패러슈트

벼랑 끝에 서서
유서의 첫 문장처럼 너는
나와 갈 데까지 가자고 한다

너를 볼 때면
다시금 또 죽고 싶어진다

구원도 없이 몸을 맡기는
낭만적인 연출

낙하산은
천천히 죽어가는 장치라는 걸
너를 등에 업고서야 생각한다

처절한 막연함으로
저 밑으로 투신한다

짐작도 없는 슬픔이
몸살처럼 몰려들고

나와 갈 데까지 가자고 했다
그래서 나는
펼치지 않기로 한다

사랑을 오역하는 방식

네가 너무 좋았어
내가 무너질 틈만 노리는 거
실수를 모방해서 이제는 사랑하지 않는 것도
다 흔쾌하게 정리하자면
한마디로 그냥 좋았다는 거야

염좌가 계속됐던 사랑
절름거리며 나는 너를 따라가는데
너는 자꾸 멀어지기만 하는 거
문드러지는 불안의 골목 너머로
점점 작아지다 사라지려는 것도
순수하게 논하자면
다 됐고 그냥 사랑이라 해석하겠다는 거야

네 죄는 너로 말미암지 않았다

선천적으로 짊어진 죄는 누구의 것일까
죽음 건너에 있는 영원을 꿈꾸는 자에게는
어떤 죄가 손에 쥐어졌기에 이 생이 이렇게도 따끔
거릴까

강물의 세계에 배낭도 없이 흰 천 하나로 침몰했던
자에게
물속에서도 여전히 아픈지 물어볼까
맨발과 흰 허리로 도착한 그곳에서도
여행자는 가난이라는 이름으로 불리고 있는지 물을
까

물살이 이끄는 대로 흘러가는 일
평생 정박해 있던 수 척의 고난들을 비로소 떠나보
내는 일
슬픈 운명으로부터 잘 도망갔는지
묻지 않아도 알 것만 같지

보름이 다 차고서야 백골로 발견된
노잣돈도 없이 맨발로 떠난 외로운 여행자
신문 속 구석진 단칸방에 적힌 고독사 기사는
쓰이는 동안에도 백골에게 빚을 청구했을까
떠나는 영혼의 척추를 단번에 부러뜨렸을까

선천성 죄를 사할 수 있는지 물으면
무엇이라 대답할 수 있지 우리는

가난한 죄
혹독한 삶에서 서툰 경주를 시작한 죄
운의 밑동을 미처 다 파헤치지 못한 죄

선천성 죄인들에게 바치는 나의 다음 기도문은
네 죄는 너로 말미암지 않았다고 시작한다

겨울의 뒷문

겨울의 뒷문에 나 서 있네
돌아보니 어느덧 많은 결빙의 시간을 지나왔네
나를 넘어지게 했던 굴곡진 모든 것에게
마침내 해빙된 이별을 고한다

얼어붙은 나의 욕심과 고난은
이제 나를 놓아줄래
해빙의 약속을 뒤로하고
이제는 저 멀리 바다로 흘러갈래
다시 만나는 일 없이

내내 멈춰 있던 화초의 살갗을 매만지다
돋아난 새순을 발견하고서야
비로소 나의 울음은 해빙되네

마침내 살얼음 낀 겨울에 방점을 찍고
나 첫발을 내딛네

사랑의 불가항력

늘 같다면 같았을까 그날도. 줄곧 하던 인사와 따라 짓던 의미 없는 표정으로 그날의 만남에 불을 지폈지. 그날따라 이상하게 부싯돌은 자꾸 어긋났고, 우리의 불이 좀처럼 붙지 않았던 건 그저 불길한 기분에서 말미암았던 걸까? 무미한 미소를 나누고 별다를 것 없이 네 집 주변을 같이 걷는데 글쎄 불쑥 그만하고 싶은 거야. 알게 모르게 서로를 벗어나 웃자란 마음들, 그 탓에 우리의 대화는 그날따라 더욱 삐걱댔을까 아니면 하필 그때 나를 유기하고 싶은 마음을 내게 들켰던 걸까?

나를 보는 시선이 어찌나도 텅 비었던지, 나 아닌 벽지나 커피 트레이 따위를 쳐다본 게 아닐까 싶었지. 눈동자를 가만 보니 내가 비치지 않았던 것도 같았어. 마치 애초에 내가 그 앞에 없기라도 했던 것처럼.

우리의 사랑을 셈하는 동안 나는 줄곧 익어가고 있었는데 넌 그때 이미 곪아가는 중이었지? 이미 추락한 마음, 그 불가항력을 내가 더 어떻게 할 수 있었을까. 같은 출발선에서 함께 뛰기 시작했는데, 너는 내 가파른 마음에 금세 지치고 말았는지 나만 저 멀리 가 있는 거야. 그래서 내가 그 부끄러운 경주를 끝냈어.

사랑하는 일과 잊는 일은 참으로 비선형적이어서 사랑은 사랑했던 순서대로 잊히지 않는 거야. 몇 년이 흐르고 여러 아무개가 날 다녀갔는데도, 그리고 그 대부분을 다 잊어버렸는데도, 너는 마음속 빈방 한구석에 무뚝뚝이 꿇어앉아서는 다시 사랑할 것도 아니면서 자리나 지키고 앉아서는 몇 년이 흘렀는데도 이런 글이나 다 쓰게 만들고는.

그날따라 즐거웠다든가 우리의 부싯돌이 잘 맞부딪혔다든가 불길한 마음 따위는 없었다든가 네 눈동자를 보지 않았다든가 내가 우리의 경주를 끝내지 않았다면, 그랬다면 달랐을까 그날은?

손목 통증

　며칠 전 자고 일어났더니 이유도 없이 손목이 욱신거리기 시작했습니다. 손날이 미끄러지다가 돌부리처럼 튀어나온 손목뼈와 만나는 지점, 은은하게 홈이 난 곳 말입니다. 살갗을 지붕 삼은 힘줄의 세계에서 어떤 일이 벌어지고 있는지 영락없이 느껴지는 형형한 통증이었습니다. 마치 모스 부호로 내게 신호를 주는 듯한 통증의 불규칙적인 박동에 신경을 집중합니다. 수년의 과거에서 온 신호였습니다.

　내 손목에 자신의 손뼉을 틈 없이 체결하고 아뜩할 정도로 뜨거운 마음을 송신하던 애인의 이야기입니다. 지금 생각해보면 그 마음이 끓는점에 가까웠을지도 모르겠습니다. 잠에서 깨면서 통증이 선명해질수록 손목의 주파수는 스물일곱 살의 팔월 삼십 일에 맞춰지고 이내 잡음 없이 뚜렷해집니다.

밤의 공원, 먹먹한 어둠의 풍경과 섬처럼 군데군데 빛나는 가로등의 성단과 외계의 잡음처럼 웅성대는 풀벌레들과 물먹은 잎의 냄새. 그 공원의 비밀스러운 언덕 위에 애인과 내가 있었습니다.

"내일이면 명색이 구월이라고 밤이 제법 선선해졌네요."
"그러게요."
"…"
"우리밖에 없는 것 같아요."

멀미할 때 울컥 침샘이 요동하는 것처럼, 입안에 가득 고인 말들을 하지 못하고 궤도를 한참 벗어난 말뿐인 스스로가 마뜩잖아서 공연히 손목만 긁적이고 있을 때 그 사람, 아니 애인이 덥석 내 손목에 자신의 손뼉을 올려두는 것입니다. 내 핏줄과 애인의 지문이 만나기 시작하자 마음이 욱신거리기 시작했습니다. 지금 손목에서 느껴지는 통증과 똑같은 박동으로 말입니다. 사랑이 사랑으로 확인받는 순간은 어쩌면 그리 길지 않을지도 모르겠다고 생각했습니다. 손목과 손뼉이 포개지는

데 필요한 시간, 손목에 닿은 열기가 익숙해진 후 손바닥
의 지문이 느껴지기 시작하는 데 필요한 시간.

후에도 오랫동안 나는 애인이 손목을 잡아주는 행위
를 좋아했습니다. 자주 불행하고 불안했으며 길게 걱정
했기에 몸이 쉽게 차가워지곤 했는데, 그때마다 내 손목
에 끈끈하며 아뜩할 정도로 뜨거운 마음을 송신하던 행
위가 나에게는 사랑이 밀집된 모스 부호이자, 하나뿐인
구호이며 한 뼘 남짓의 피난처였는지도 모르겠습니다.

자리에서 일어나 창문을 열고, 이불을 털고, 창밖으
로 밤의 공원을 몰아냅니다. 그러고는 욱신거리는 손목
에 나의 반대쪽 손바닥을 천천히 포개어봅니다. 마음이
가장 편한 내 체온이 손목을 뭉근하게 데웁니다. 손과
손을 포갠 채로 손목을 주무르다 보니 이내 욱신거리던
것은 먹먹해져갑니다. 통증이 사라질수록 천천히 해상
도가 낮아지기 시작하는 그 애인의, 아니 그 사람의 이
야기였습니다.

어려운 10월

10월이란 10월은 족히 서른 번은 훌쩍 넘게 살아왔음에도, 더군다나 매년 10월이라는 성을 붙인 서른한 번의 날을 살갗으로 공부했음에도 나는 10월이 좀처럼 어렵다. 아빠의 색약이 유전된 것도 아닌데 유독 녹색이라고 해야 할지 밤색이라고 해야 할지 추론하기 어려운 달이 바로 10월인 것이다.

하루 만에 아침 최저 기온이 무려 9도나 떨어졌다. 눈을 뜨자마자 본가에 있는 엄마 생각부터 났다. 엄마는 방문을 닫으면 어두운 동굴의 굽은 버섯처럼 잠드는 것만 같다 말하곤 했다. 실을 뽑아 고치를 만드는 어느 늙은 누에처럼 입으로 흰 입김을 뽑아내면서도 춥게 잔다. 그러니 오늘도 새벽 추위가 필시 먼저 당도했을 것이 뻔했다. 엄마 생각을 했더니 자기 전 답답하여 살짝 열어두었던 창에서 찬 바람이 빗금 치며 들어와 가슴에 스친다.

10월이 어려운 이유는 출근길에서도 여지없이 드러난다. 어제까지만 해도 반소매 한 장을 입던 내가, 알람을 네다섯 개나 듣고서야 겨우 일어나 일기예보가 알려주는 숫자 하나만 보고 하루아침에 온몸을 두텁게 중무장했을 리가 없는 것이다. 가벼운 셔츠 차림으로 달려 나와 허겁지겁 엘리베이터에 몸을 싣는다. 한 층 한 층 내려갈 때마다 한껏 밤색이 된 얼굴의 사람들이 덩달아 엘리베이터에 몸을 싣는다. 실을 잔뜩 뽑아 스스로 고치가 되기로 결심한 누에처럼 모두가 두텁게 동여맸다. 1층이 가까워져올수록 엘리베이터에는 해묵은 옷장 냄새가 가득해진다. 아뿔싸, 나만 가벼운 셔츠 차림이라니. 서른 번이 넘는 10월이지만 올해도 나는 가을의 출발선에서 뒤늦은 부정 출발이었다.

현관 밖으로 나가보니 가을 추위는 생각보다 더 가까이 와 있었다. 활엽 나무의 말초마다 붉은 기운이 감돌기 시작했고, 몇몇의 잎들은 낙하산의 경로처럼 느리지만 확실하게 낙하하고 있었다. 낙과, 낙화, 낙엽은 식물의 다 같은 탈리 현상이지만 낙엽이 주는 의미는

보다 쓸쓸하고 낭만적이다. 추락의 면모를 잠잠히 바라보다가 얇은 셔츠 틈새로 스미는 찬 바람에 소름이 돋는다. 나도 어느 늙은 누에처럼 입으로 흰 입김을 뿜아내고 있었다.

가을은 말 그대로 낭만이다. 그 누구도 물감을 든 적이 없지만, 세상이 절로 붉어지고 익는 수많은 기적은 가을이라는 한 단어로 모든 서사의 아귀가 맞아진다. 떨어지는 것, 땅으로 추락하고 마는 것이 더는 죄나 잘못이 아니라 미학이 되는 계절은 사철 중에 가을이 유일할 것이다.

족히 서른 번은 훌쩍 넘게 살아왔음에도 10월은 여전히 어렵다. 그래서 어쩌면 마흔 번 쉰 번을 겪어도 같은 실수로 가을이라는 경주에서 부정 출발을 계속할지도 모르겠다. 그럼에도 불구하고 어려운 10월에서 조금은 알 것만 같은 게 생겼다. 남들보다 삶이 늦게 출발하는 것, 노력해도 떨어지기만 하는 것, 나의 값어치가 한없이 추락하고 마는 것들이 가을에는 미학이 될 수 있다는 걸. 그런 내가 죄나 잘못이 아니라는 걸.

<h1 style="text-align:center">10월 20일</h1>

엄마가 나의 첫 생애를 창작했다. 나는 빈칸으로 태어났는데 엄마는 끝도 없이 그 빈칸에 빼곡하게 무언가를 적어 내려갔다. 엎드려서 책을 읽지 않는 것, 국그릇은 오른쪽에 두는 것, 빨래는 널기 전에 첫 날갯짓처럼 빠르게 펼치는 것, 웃음소리는 경쾌하되 주변에 많은 소리의 파편이 튀지 않도록 하는 것, 껴안을 때 사랑한다고 말하는 것, 세상에 엄마는 우리 엄마 하나밖에 없는 것.

나의 삶이 자라고 촘촘해지면서 빈칸은 줄어들어갔고, 삶이 여러 연의 시가 될수록 엄마의 빈칸은 그만큼 늘어갔다. 키가 자랄수록 나의 그림자가 엄마의 가여운 얼굴에 그늘을 드리웠다. 해가 들지 않는 그 얼굴에는 주름이 이끼처럼 번졌다.

2019년 여름, 배를 부여잡고 잠을 설치던 엄마는 기어이 수술대에 몸을 맡겼다. 구급차의 찢어지는 사이렌은 새파랗게 질린 마음의 외곽부터 빠르게 공습해왔다. 이럴 때 무엇을 할 수 있는지는 엄마한테 배우지 못해서 그저 엄마, 엄마, 하고 부를 수밖에 없었다. 아들이 아프게 태어났을 때 무엇을 할 수 있는지 배우지 못해서 내가 수술대에 누울 때마다 엄마도 그렇게 아들, 아들, 하고 불렀던 걸까.

빈칸이 된 엄마의 인생에는 내가 알지 못하는 어떤 것들이 적혀 있었을지 항상 궁금했지만 엄마는 늘 대답을 피하곤 했다. 엄마의 꿈은 몇 연 몇 행으로 구성되어 있었고, 욕심은 몇 개의 단어로 표현되었으며, 젊음이나 청춘 같은 것, 풋내가 나는 폭양 같았던 엄마의 줄거리에는 무슨 시적 표현이 사용되었을까.

10월 20일, 나로 인해 스스로 빈칸이 되기로 했던 엄마의 첫 줄에 조용히 새로운 문장을 적어본다.

생신 축하해요, 엄마.
과거로 돌아간다면 부디 내 엄마가 되지 마세요.

음지 식물

음지 식물, 내음성이 강하고 음지에서 생육할 수 있
는 식물.

이 세상에는 음지 식물처럼 살아가는 사람들이 있다.
그 사람들은 많은 희망을 필요로 하지 않는다. 작은 일
조량만으로도 충분한 세상에서 느리지만 오래 살아남
는 쪽을 택한다. 빛을 가지고 다투는 자리가 아니라 남
들이 다 쓰고 남은 자리에 뿌리를 내린다.

볕이 제대로 들지 않아 습기가 창궐한 토양에도 사람
들은 태어나고 자란다. 오래도록 정체된 그늘에서 살아
가는 것을 정체성으로 삼은 음지의 사람들은 조용히 세
상의 일부에 군락을 이루고 있다.

음지 식물, 빛이 강하면 오히려 잎이 타버리고 생육이 어려워지는 식물. 그 사람들은 자신의 주요한 성분인 그늘짐이 사라지면 존재가 죄다 타버릴까 봐 두려워한다. 갑작스러운 희락이나 평안, 기쁨이고 축복 같은 것들을 쉽게 견디지 못하는 사람들은 존엄한 어둠을 사랑하고 기꺼이 포용한다. 분명하고 뚜렷한 충만함이 없이도 최소한의 희망으로 오랫동안 호흡하고 생장할 수 있는 사람들이 세상에는 있다.

그늘에서 자라는 것들은 대체로 잎이 넓고 얇다. 음지의 사람들은 빛을 얻기 위해 상처 받기 쉬운 형태로 자랐다. 채광을 놓치지 않기 위해 넓어진 잎, 그래서 뭇 사람의 흉 진 말에 쉽게 흔들린다. 숱한 시선들이나 눈치조차도 더 많이 느끼는 쪽으로 자라왔다. 양지에 있는 사람들에게서 그것은 약점이라 불릴 때도 있었으나 음지 식물들은 그 감각 덕에 지금까지 살아가고 있다.

우리는 음지 식물이다. 강한 빛 가운데서 사랑으로 생장하지 못했으나 적은 빛만으로도 질기게 살아남았고 아직도 살아 있는 존재. 오늘도 우리는 그늘진 세상에서 삶이라는 잎을 펼치고서 앞으로도 멈추지 않을 끈질긴 고통의 진피 아래까지 뿌리를 내린다.

3부

우리는 여름 자두처럼
덥고 무르고 달고

감기는 외롭습니다

길을 잃은 겨울이 잠시 늦봄에 잘못 정차합니다. 때 아닌 감기가 찾아왔습니다. 눈을 감싸는 뼈의 지붕에 몰아닥치는 통증의 지진은 기와가 다 무너져 내리듯 나를 함락시킵니다. 기침 소리는 한 곡 반복, 지긋지긋하게 이어지는 불규칙한 이 노래를 멈추고 싶지만 그 또한 쉽지 않습니다. 어두운 방에는 기침에 번쩍거리는 시야만이 고장 난 가로등처럼 깜박거리고, 두통은 몰려든 하루살이 떼가 되어 웅성거리기 바쁩니다. 커져가는 기침의 진폭, 들썩이는 회색 커튼 사이로 보이는 뒤집어진 하늘의 천장, 횡파의 모양대로 울렁이는 길거리 사람들. 감기는 들뜬 마음을 주춤하게 만듭니다. 허물어진 목에서 쇠맛이 나는 저녁, 아무도 없는 놀이터에서 반쯤 기울어져 삐꺽거리던 회전무대를 생각합니다. 녹슨 손잡이에 얼굴을 묻었을 때 났던 외로움의 냄새, 감기는 외롭습니다. 길 잃은 겨울이 부러 정차한 이유는 외로웠기 때문이었을 것이 틀림없습니다. 기침은 그 진폭을 더해가고, 더 크게 휘청이며 삐꺽거리는 회전무대. 마음이 펄펄 끓습니다.

수상한 해변

영원히 끝나지 않을 해안선을 따라 걸었다
저 섬과 이 섬의 거리는 생의 둘레보다 먼데
내 손을 잡고 있는 네가 이렇게 가까울 리가

깍지 사이에 별이 번쩍거리는
수상한 해변의 데이트

온통 슬프기만 한 것은 아니구나
우리는 흰 꽃 무성한 바다의 포말을 사랑했지
인어들이 존재한다는 증거였으니까

몽유의 밤에 초대장도 없이 찾아온 네가
이토록 슬플 리가
잡은 두 손에
엉킨 깍지에 번쩍이는 섬의 축제가
이토록 뜨거울 리가

영원히 끝없는 해안선의 우리는
해변을 걷는 내내 뜨겁고 마음에 물집이 잡힌다

소리가 먹먹하구나 점차 잦아드는 파도의 호흡이
영원히 끝나지 않을 해안선이 허물어지네 물속처럼
허물어지네 더는 손끝에 잡히지 않을 것처럼

물의 주름

강변의 엉치뼈에 나란히 핀 금계국
잘못 적힌 반점처럼 밤과 강의 이야기를 엇걸어놓
는 그 노란 매듭

물은 사르르 흘러가는데
사는 것은 어쩌자고 금계국 하나에도 걸음을 멈추
게 하는지

물의 주름에 가만히 눕고 싶은 마음
흘러가는 것의 미학을 베껴다가
흠뻑 젖은 등에다 밑줄을 죽죽 긋고 싶은.

마중

마중이라는 말은 참으로 다정하다
오는 사람을 나가서 맞이하는 것

마른 흙길을 습한 마음으로 건너
물기 어린 표정으로
어깨에 두 손을 벽지처럼 덧대고
미지근한 마음이 서로를 바라보게 하는 것

잘 있었느냐는 물음은
진물이 나는 마음에 단단한 밀랍이 되고
비로소 슬픔조차도 마중할 수 있게 된다

흙길에 묻어둔 씨앗들은 물 건너 밤나무를 마중하고
밤나무는 청록들이 충동하는 숲을 마중하고
숲은 다시 흙길의 수많은 씨앗을 마중한다
마중이 가진 따뜻한 순환의 속성

영문도 없이 서로를 맞이하며
물기 어린 표정으로
서로의 마음에 마중물을 붓는 것

마중이라는 말은 참으로 단단하다

여름불

온 천지가 섬뜩하게 뜨거운 팔월의 오르막
물뱀의 축축한 비명을 뚫고
짙푸른 더위가 여름불처럼 숲을 파고들지
더 푸르게, 푸르르게

사랑은 더 뜨겁게 여름 자두처럼 물렁거리고
마음의 껍질 속에서 팔월을 내내 읽으며
그 끝도 없는 생명의 불구덩이에 몸을 담그지
불에 그을린 이마에 차갑게 식힌 손을 올려줄래

영원한 여름처럼
우리 사랑은 계속될 거야

우리는 잎맥도 없이 바짝 포옹을 하고
꺼지지 않을 여름불에 몸을 던지고
깨문 입술 사이로 곁순이 자라고
우리는 여름 과일처럼 덥고, 무르고, 달고

땀이 흐르는 숲길마다
먹먹하게 핀 저 목백일홍

우리의 푸른 여름불은
섬뜩하도록 꺼지지 않네

피난처

무르익는 여름의 밀어를
너도 기억하고 있는지

막막하도록 젊었고
투명했던 나의 피난처야
한때는 네가 내 기도였는데

더운 숨이 차오르는 곳에는 늘
물빛처럼 흔들리던 우리가 있었지

나는 기억하고 있어
설익은 계절에
막막하도록 엉망이었던 우리를

칠월

세상이 너를 싫어해야만 했다
나만이 사랑해야 했다

어쩌지 그럴 리가 없는 몹쓸 아름다움
못된 마음에 금이 와락 가는
한여름의 찰나

내게 불러준 노래를 죄다 꿈에 베껴 쓰고 싶은데
눈만 뜨면 흩어지는 뻐근한 음성

어쩌지 수천 번 헤매다 만난 먼 별 같은
이 어두컴컴한 사랑아

당신은 당신의 것

내려봤자 갈 곳이 없던 우리는
함께 종점까지 갔다
버려진 것은 내가 다 알아서 할 테니
너는 그만 내리라고 했다

말이 없는 심야 열차에는
네가 있었고 내가 있는 중이다

당신은 나의 것이었는데

입술을 깨물자 어두워지는 열차 안
너는 없고 나만 끝도 없이 철로에 있는데
그까짓 이름 하나 잊겠다고
나는 몇 년 동안 하차하지 못했다

종점에서 한참을 운다
울음의 내부에는

나의 것이 아닌 당신의 것만 있다
떠나고 남은 탈피의 흔적
다 말라버리고 만 애인의 껍질

내렸던 자리에 남아 있던 것은
당신은 당신의 것이라는
그 뼈아픈 절망의 증명

고마웠다

열 길 물속에 잠겨 있는
뜨겁도록 숨을 참던
네 얼굴의 기억

물소리를 내며
검은 눈동자 옆으로 흐르던
네가 만든 나만의 강
그 습기로 녹이 다 슬어버린
내 시절

셀 수도 없이 썼던
행과 연에서
네가 점유하던 시어를 들어내니
아무것도 남지 않은
시가 없는 시

내가 절대 버리고 싶지 않았던

네 형상을 활자로 빚는
무수한 문법

마지막이다
내 시 안에서
숨 쉬는 일은

잘 가라
시 안에서
묵묵히 있어준 것이
참으로 고마웠다

삶은 아름다워

차라리 섬망이었으면 싶도록 매일은 어지럽다. 해로운 덤불처럼 덜미를 붙잡는 엉킨 마음, 잡초처럼 무성한 통증이 씨실과 날실이 되어 벌써 내게 수의를 해 입힌다. 삶이 고통과 동의어라면 차라리 고통만 남겨둘 것을, 왜 삶이라는 아름다운 글자도 남겨두어 자꾸만 꾸역꾸역 생을 못 놓게 만드는지. 엉켜버린 나를 누가 풀어줄 것인가.

불 꺼진 우울은 스스로를 자주 뒤집어 입게 했고, 드러난 상표처럼 타인에게 나의 값어치를 자주 들켰으며, 그들을 너무 믿었다가 혼자서 배반당하는 날들의 연속이었다. 만성 알코올의존증이 오늘도 외로운 저녁으로부터 나를 지킨다.

나는 가장 크게 웃을 때 가장 우울하다. 즐거운 순간을 감히 도작하는 것 같다. 내 것이 아니면 갖지도 탐하지도 말라고 끈끈한 가난이 귀에 대고 끝없이도 말해

왔다. 매일을 집에서, 길에서도, 물속에 얼굴을 담그고
도 나는 삶이 징그러웠다.

사랑스러운 시가 가득했던 초췌한 젊은 날이 빛바
랜 달력으로 나부낀다. 나는 자꾸만 과거에 있고 싶어
하는데 어쩔 수 없는 절망의 속도는 늘 나보다 앞서 있
다. 섬뜩하도록 생생한 지금에 나는 놓여 있고 그렇게
예견된 고통들, 나는 모두가 다 읽다 버린 비극 소설이
자 오랜 장마에 잔뜩 물먹은 시집이었다.

왜 많은 행복은 나를 비껴가야만 했을까, 세상에 놓
인 많은 기쁨을 잠잠히 바라본다. 내 것이 아니면 가져
서도 탐해서도 안 되는 기쁨, 내가 가엾어서 너무도 갖
고 싶은 것들.

누가 내게 기쁨을 쥐여줄 것인가. 내가 없이도 세상의
많은 삶이 너무도 아름다워서 나는 이제 그만 살고 싶다.

맨발로 걷는다

걷다 보면
온갖 외로워지는 모든 것들을 만나게 된다
시적 허용으로 겨우 쓴 사랑을
눈이 뻑뻑해지는 외로운 꽃말들을
뼈만 남은 앙상한 운명을

그렇게 걸어가다 보면
결국 외로움이 스미지 못하는 곳으로
길이 나는 것임을 알게 된다

그렇게 계속 걷다 보면
사랑은 너그러운 물빛으로
꽃말은 단단한 흙길로
운명은 길 앞에 놓인 푸른 날이 되고
한 번도 패배한 적 없는 최초의 새벽은
가파른 어둠도 금세 완만케 한다

나는 삶의 길이 멀어도 걷는 사람

한껏 다정한 이 길을
나는 맨발로 걷는다

휘휘

허물어지는 네 마른 등에
가만히 기대어본다

물어뜯은 입술처럼
차라리 피가 났으면 싶었던
한 뼘도 안 되는 우리의 이야기

파열음으로 끝나는 엔딩
막막했고 조용했던 마지막 포옹

더는 사랑할 수 없는 것 맞지

끝내 무너지는 절벽에
외발로 서서 점멸하는 사랑은
횃불처럼 흔들리고

꽃이란 꽃은 죄다 덥석 피는데

바람은 대체 어쩌자고
이렇게도 휘휘 부는데.

달리기

등뼈에 날개처럼 땀이 차오른다. 맥박을 아껴가며 숨을 쉬는 동안에도 발은 멈추지 않고 뛴다. 단단한 바닥과 마찰하는 신발의 밑창에서 오늘도 나는 신체가 생동하고 있음을 느낀다. 뭍에 처음 나온 것처럼 입을 뻐끔거리고 숨을 헐떡이며, 새벽 동이 트는 동안 나는 일출이라는 곳으로 거슬러 헤엄치듯 달리고 있다.

심장에 힘껏 태엽을 감고 두 다리에 설계된 근육의 다발을 붉은 추 삼아 규칙적으로 지구를 밀어내는 행위. 측정을 의미하는 그리스어 메트론Metron과 규칙을 뜻하는 노모스Nomos가 합쳐져 메트로놈이라는 단어가 만들어졌다고 한다. 이름이 메트로놈인 나는 그렇게 굳은살이 짙게 박인 지구의 살갗과 내 발바닥을 마주하며 아주 규칙적으로, 지구를 밀어내며 나의 여생을 측정하고 있다.

바람이 불고 있다. 흩날리는 머리칼은 이내 돛이 되

고, 뭍에서 헐떡이던 것은 이내 잊어버리고 나는 아가미를 크게 열어둔 채 지느러미를 허공으로 뻗어 바람의 깊은 주름 사이에 집어넣고는 힘껏 노를 젓는다.

달리기는 육지에서 할 수 있는 항해이자 도피이다. 바람은 사정없이 불고, 젖은 옷을 말리며 어깨와 팔뚝으로 흐르는 땀의 비늘을 벗겨간다. 달리기는 땀뿐만 아니라 나를 노엽게 했던 생각의 알갱이들도 전부 스며 나오게 한다. 바람을 맞으며 달리는 동안에 그 모든 것들이 증발하기 시작한다. 그렇게 달리기는 생동하는 아름다움만을 육신에 남겨둔다.

달리는 길의 소실점 위로 어둠이 스러져 눕는다. 어쩌면 어둠이 멀어지는 이유는, 수많은 아침의 메트로놈이 헐떡이는 숨으로 어둠을 밀어내는 탓일지도 모르겠다.

육지의 바람 사이를 규칙적으로 헤엄하며 뜀박질하는 뭇 사람들, 등에 돋은 날개뼈가 제 역할을 하기 시작하며 나는 더욱 속력을 낸다. 아침으로 붉어지는 하늘과 달아오르는 강물의 뺨, 수풀의 들뜬 춤 사이로 나는 발을 멈추지 않고 계속해서 뛰고 있다.

빨래

저녁에 집으로 돌아와
밖에서 죄다 다친 마음을
세탁기에 넣는다

더운물에 잠겨
맑은 거품 안에 고개를 파묻고
해묵은 상처를 녹여내는 일

물기를 짠 마음을
구겨지지 않게 털고서
바람이 통하는 길에
나란히 널어둔다

물기 어린 마음끼리
눅눅한 어깨를 서로 맞대며
오늘의 나를 말리는 일

다시 살아갈 수 있도록

해묵은 상처를 지우는 일

선천성

6천 명 중의 한 명, 내가 바로 그 한 명이다. 이게 무슨 소리인가 하면 내가 기어이 지니고 태어난 원초적 결함에 관한 이야기이다. 신체의 선천성 결함에 대한 확률, 6천 명 중의 한 명꼴로 발현된다는 선천성 결함으로부터 삶이 시작되었다.

나는 '선천성'이라는 단어를 좋아한다. 단순히 읊는 것만으로도 기분이 경쾌해지는 호감의 의미가 아니라, 나의 필연적인 모습을 묘사하면서도 그것이 내 잘못이나 부모님의 잘못이 아니라 '어쩔 수 없었음'을 나타내는 하나의 면죄부 같다는 생각에 그 단어를 좋아하는 것이다. '선천성'이라는 단어를 앞에다 붙이면 선천성 기형, 선천성 결함부터 해서 선천성 외로움과 선천성 불운함까지 모든 것들이 잘못한 게 아닌 어쩔 수 없는 것들이 된다.

　나는 어떻게든 나를 제외한 나머지 수천의 사람들과 비슷해지기 위해 무던히도 노력해왔다. 나의 시에 심심치 않게 등장하는 숱한 수술과 통증들이 그 재료이기도 했다. 그러다 수술의 큰 부작용을 겪으며 끝이 없을 것 같던 혹독한 염증의 수렁에 빠지기도 했다. 의사가 말하기를 내가 겪게 된 부작용은 굉장히 드문 사례라고 했다. 그렇게 나는 불운을 주제로 한 두 번째 확률의 싸움에서 또 이기고 말았다. 이상하게도 룰렛을 돌릴 때마다 어쩔 수 없는 불운 위에 바늘이 놓이곤 했다.

　나의 수십 년 삶은 자주 불운했다. 사소한 내기에서도 자주 틀린 패를 뽑았을뿐더러 수많은 성과와 운, 행복과 안락 같은 것들도 내 삶의 경로에서 늘 갓길로 비껴갔다. 선천성 외로움과 선천성 슬픔, 그리고 선천성 불운함은 어쩌면 태어나기 전 6천 명 중의 한 명이라는 그 무섭도록 경이로운 확률에서 모든 운을 다 써버렸기 때문일지도 모르겠다는 생각을 하곤 한다.

　그 어쩔 수 없는 선천성의 것들이 6천 명 중의 한 명인 나를 자꾸만 울게 만든다.

로맨스 드라마

다른 사람들보다 마음의 길이가 짧은 사람을 만난 적이 있다. 사랑에는 예고가 없으니까, '언젠간 함께 비슷하게 깊어가겠지' 하는 마음으로 매일을 '사랑하다'와 '붙잡다'가 등치 관계에 있을 거라고 생각하던 때였다. 생경한 연애 앞에서 나는 나를 너무 몰랐고, 그 애는 너무도 자신만 알던 사람이었기에 우리 사이에는 정작 내가 빠져 있었다. 모든 서사의 주연에는 늘 그 애만 있었기에 나는 배경이자 소품 정도였으며 잘하면 단역쯤 되었을지도 모른다. 그래서 사랑하면서도 항상 외롭고 피곤했다. "작은 배역이라도 열심히 하면 나중에 좋은 기회가 온대. 주연을 맡게 될지도 모른대"라는 말을 믿으며 나는 그 애가 더 빛날 수 있도록 대본대로 웃어주고 바라보고 사랑했다. 단역의 미련한 연기가 계속될수록 그 혹독한 연애에서 마음의 길이는 속절없이 길어지고 깊어졌다.

　충분히 깊어진 마음에다 나는 그 애를 파종했다. 그 애와의 연애는 계속되었고, 파종한 곳에 순이 나고 뿌리가 깊어지길 바랐던 날들이 지나갔다. 무르익고 울창해지던 나와는 다르게 그 애는 보기 흉하게 웃자라기만 할 뿐이었다. 다른 사람들보다 마음의 길이가 짧은 사람이라 그랬을까? 뿌리를 제대로 내리지 못하고 자꾸만 넘어지던 그 애가 끔찍하게도 싫었다. 사랑하고 붙잡으면서 마음의 길이가 달라 늘 절뚝이기만 했던 우리의 동행을 그만두기로 했다. 이미 뿌리가 죄다 고사하고 난 후였다.

　서로를 유기하고서 육 년이 지났고 이제는 얼굴이나 목소리도 전부 가물거리게 되었다. 그런데 모든 것이 무르익고 울창해지는 계절에 태어난 그 애의 생일만 다가오면, 이상하게도 과거의 수많은 장면 속에서 연기에 잔뜩 힘이 들어간 단역의 내가 화면에 잡히기 시작한다. 마음이 죄다 무너져가는지도 모르고 대본대로 웃어주며 바라보고 사랑했던 단역의 연기자, 붙잡는 것이 사랑인 줄만 알았던 무명인의 연애는 얼마나 지옥이었을까.

마음의 길이가 한참 짧던 사람의 생일인 오늘, 하루를 평소보다 조금 일찍 마무리하고 방 안에 앉아 글을 쓴다. '사랑하다'라는 동사를 대체할 수 있는 말은 없다는 걸 그땐 미처 몰랐다. 알았더라면 나는 과연 시작하지 않았을까.

말에 대한 후회

말에 대한 후회를 하는 건 어쩌면 인간에게는 당연한 삶의 반성 중 일부일 것이다. 말에 대한 후회는 여러 가지 유형이 있을 테고. 나는 개중에서 30대에 접어들고 나서 간헐적으로 느끼곤 했던 후회의 유형에 대해 말하려고 한다.

10대와 20대 시절, 말에 대한 후회 중에 나의 발목을 가장 억세게 붙잡던 건 대부분 '말에 대한 오용'이 문제였다. 가령, 주변 사람들의 이야기를 곡해하여 타인에게 전달한다거나 본의였든 본의가 아니었든 상대에게 상처 주는 말을 하는 등의 오용 말이다. 워낙 말하기를 좋아했으니 뿌린 만큼 거둔다고 했나, 뿌린 말들이 너무도 많아 그만큼 무용한 쭉정이도 많을 터였다.

하지만 시간이 흐르고, 말의 오용을 숱하게 겪고 또 반성하면서 이제는 제대로 인이 박혔는지 그런 실수는 예전만큼 저지르지 않게 되었다.(물론 아직도 실수할 때가 있어 반성하며 살고, 어쩌면 평생 그럴 것 같으나.)

말에 대한 후회 중 '말의 오용'에 관한 문제가 저물어 갈 무렵, 새로운 유형의 말에 대한 후회가 떠오르고 있었으니 그게 지금 말하고자 하는 '하지 못한 말의 아쉬움'이다. 언제부턴가 별로 친하지 않은 누군가, 혹은 안면이 거의 없다시피 하는 누군가와 짧은 대화를 나누고 난 후에는 필연적으로 '하지 못한 말의 아쉬움'이 따라 붙었다.

진 땅에서의 걸음은 필시 서툰 발자국을 남기듯이, 나의 서툴고 어색한 말마디에는 꼭 개운치 못한 후회가 지저분한 마침표로 찍히는 것이다. 가장 최근의 에피소드가 머릿속에 재생되는데 그때를 모사하면 다음과 같다.

어느 날, 몇 번의 모임(횟수가 정해져 있었고 그 후로는 해산된)에서 알게 된 한 분을 우연히 집 근처 운동장에서 마주치게 되었다. 모임 당시에도 집이 근처인 것을 알게 되면서 이런저런 이야기를 나누었었는데, 그때도 '집 근처 운동장에서 운동을 자주 한다'라는 이야기를 주고받으며 서로 즐거운 공감대를 형성했었다. 심지어는 '언젠가 운동장에서 마주치면 참 반갑겠다'라고 생각하기까지 했다. 하지만 그렇게 불현듯 마주쳤을 때 나는 애석하게도 전혀 반가운 사람처럼 행동하지 못했다. 마치 느닷없는 곳에 들짐승이라도 들이닥친 걸 목격한 듯 당황해했고, 서로 인사를 가볍게 주고받으며 짧은 대화를 이어갔지만, 문맥이 이게 맞나 싶을 정도로 방언에 가까운 말만 하다가 헤어지게 되었다.

정작 대화를 나눌 때는 느끼지 못했던 '하지 못한 말의 아쉬움'은 헤어지고 나서부터 본격적으로 머릿속에 활시위를 당기기 시작한다. '왜 나는 말을 그렇게 했을까?', '왜 그 말을 하지 못했을까?', '저 사람이 볼 땐 내가 하나도 반갑지 않아 보였겠지?'부터 시작해서 머릿속 한가득 스크린을 띄워놓고 망상이라는 빔프로젝터를 작동시킨다. 내가 하고 싶었던 말을 유려하고 품격 있게 전달해서 나의 반가움과 나의 감정들을 오해 없이 풀어내는 나의 모습을 열심히 상영하고, 그에 따른 타인의 즐거운 반응(나의 입맛에 맞는 반응으로 망상하여)을 다음 장면으로 엮어 '하지 못한 말의 아쉬움'을 달래기 시작한다. 슬프게도 '하지 못한 말의 아쉬움'이 해소된 영화의 관객은 나 하나뿐이다.

어떤 날은 운동이 끝난 후 트레이너가 살갑게 건네는 말에 속 시원히 대답하지 못한 것을 가지고서, 집에 가는 길 내내 '아, 이렇게 말할걸', '왜 그렇게 모지리같이 대답했을까?'라는 등의 고민을 하며 또 '하지 못한 말의 아쉬움'을 달래는 망상을 머릿속에 절찬리 상영시켰더랬다. 또 다른 어떤 날에는 회사에서 업무적으로 고된 일을 수차례 겪고 있을 때, 이러한 사정을 대충 전해 들은 부장님께서 "많이 힘들지?" 하며 건네던 여러 가지 말들에 나의 상황을 충분히 꺼내지 못하기도 했다. 내가 평소에도 존경하고 잘 따르는 분이었음에도 말이다. 분명 마음으로는 나의 힘듦을 토로하고 조금 더 공감을 얻고 싶었는데.

어쩌면 이렇게 '하지 못한 말의 아쉬움'을 토로하며 망상을 고백하는 것이 남들 눈에는 참으로 우스꽝스러울 수 있겠다만, 나에게는 나름의 고민으로 자리 잡고 있다. 상황이 여유롭든 급박하든 찰나처럼 스치든 상관없이, 평정심을 잃지 않고 내가 하고 싶은 말을 정확하게 전달할 수 있는 사람이 되고 싶다. 반가우면 반가운 대로, 좋아하면 좋아하는 대로, 기쁘면 기쁜 대로 상대에게 나의 솔직한 마음을 선물처럼 내어놓는 것 말이다. "이렇게 갑자기 만나다니, 신기하네요! 정말 반갑고 기뻐요", "저 너무 힘들었어요! 알아주시니 정말 감사해요" 등 상대가 나에게 건네는 마음을 내가 오롯이 알고 있고 느끼고 있다는 걸 표현할 수 있는.

‘하지 못한 말의 아쉬움’에 대한 말의 후회가 저물 때쯤이 오면, 훗날의 나는 또 다른 유형의 ‘말의 후회’를 경험하고 고민하게 될지 모르겠다. 그리고 또 실수하고 반성하고 깨닫는 과정을 반복하겠지. 그래도 말에 관한 이 담금질을 계속해나간다면 훗날의 나는 조금 더 성숙한 어른이 되어 있지 않을까, 하는 소망을 가져본다.

대화 좌표계

사람들과 이야기를 나누는 일이 좋다. 좌표계 위에 서로의 시선을 같은 위치에 놓고서 인생의 구성 성분들을 주고받는 것.

"나는 이래." "너도 그래?" "응." "아니." "맞아." "그렇지." 흰 돌과 검은 돌로 각자의 이야기를 번갈아 놓다가 바둑판 위에 더는 말을 놓을 자리가 없어질 때쯤, 이야기에서 도출된 좌표들로 꼭짓점을 찍기 시작한다.

동감의 표정과 따뜻한 눈빛이 만든 접점을 발견해갈수록, 서로의 시선 가운데쯤 부유하는 그 점들이 천천히 이어지며 반짝이는 빛을 내는 듯한 느낌을 받곤 한다.

물론 주고받는 이야기가 빛을 불러오는 의식이 아닌, 말을 더할수록 조용히 꺼져가는 촛불처럼 공간을 어둡게 만들 때도 있다. 때로는 시선 사이의 허공에서 말과 표정이 부딪히며 좌표계에 금이 가버리기도 하는 게 생각보다 잦은 일임을 부정할 수는 없다.

하지만 우리들 각각 인생의 구성 성분들은 상당히 유기적인 면모를 갖추고 있어서, 공간의 실금 사이를 금세 다른 동감과 호감의 재료들로 메울 수 있는 마력을 가지고 있다. 나는 실금을 채우는 데 필요한 재료를 재빠르게 찾는 걸 놀이처럼 좋아하기도 한다.

동질의 이야기를 나침반 삼아 우리는 서로에게서 접점이 될 만한 것들을 열심히 찾아내고 좌표를 기록하며, 마음에 드는 지점마다 보이지 않는 깃발을 꽂는다. '이 사람과 나는 이 이야기를 나누는 지점에서 즐거웠고 안락했다' 하는 영역을 표시하는 셈이다.

늘어가는 깃발들과 기록돼가는 좌표들, 그 가운데 빛으로 그려진 서로의 접점들을 느껴보는 일. 마음 기댈 곳 없이 표류하는 일상에서 그 빛들은 부표이자 쉴 수 있는 섬이 된다.

"나도 그래." "그랬구나." "응, 이해해." "수고 많았다." 따뜻한 접점은 늘어가고, 서로를 알게 됐다는 깃발들이 쌓여갈 때쯤. 이야기를 나누고 있는 이 좁고 안락한 좌표계 위로 총총한 별들이 떠다니기 시작한다.

4부

겨울엔 사랑할 것들이 필요해요

겨울의 문장

겨울의 문장들을 책장에서 꺼내 읽으며
당신의 표정이 떠오르는 구절에 등을 기대어 생각해
나에게 당신은 가장 다정하고 아까운 상처였다고

겨울이 깊어질수록 마음이 두터워지는 동안 당신을
가만히 사랑했어
우리 서로에게 불필요한 문장은 그냥 눈감아주기로
할까

눈이 펄펄 오네 지혈이 되지 않아도 낭만적인 지금
눈보라에도 겨울의 문장들이 번지지 않을 때
우산도 없이 당신을 가만히 안고 싶어

집의 노래

시간의 껍질들이
벽지에 나이테처럼 늘어진 이곳은
나의 집
집이 부르는 노래는
물속에 고개를 담가도 들을 수 있어

좁고 낡은 사각이 주는 평안의 면적
우는 소리가 벽에 부딪고 옷장에 부딪고
침대 밑에 숨어들어도
아무도 고개 숙여 주워 가지 않는 우는 소리를
나의 집만이 그걸 깁고 엮어다 노래를 지어

유리로 만든 둥근 장작에
어둡고 붉은 불을 켜고
심장이 타닥타닥 타는 소리를 들으며
나의 집에 데려오지 못한 무거운 희락들을 생각해
경사가 높아서 집의 모서리로

자꾸만 흘러나가는 꿈들을 생각해

좁은 벽에 등을 대고
과거의 시간들이 기워진 벽지의 보풀을 느껴
수천 번의 울음이 물 자국으로 남아 있는
물이 흘렀던 흔적
나만 아는 염증의 모양이 벽지에 남아 있어

슬퍼서 좋았고 따뜻해서 싫었고
창문으로 침입한 빛이 벽지를 밝히는 게 부끄러웠던
나의 집

집이 외워서 부르는 나의 노래는
꿈의 밑바닥까지 잠겨도 들을 수 있어

꿈의 희극

잔혹한 꿈
혹독한 그 줄거리를 낱낱이 읊어야 하는
그 낮 뜨거운 우연의 이야기

꿈은 왜 깨는 것인가
왜 와락 깨지는 것인가
끈끈한 파편에 고개를 묻고
썰물처럼 멀어지는 꿈의 희극을
읽고 또 읽는다

끔찍한 꿈에
어쩌면 그렇게도 우리는 사랑했는지
숨이 멎어도 꿈은 끝없이 재생될 것처럼
제대로 엉켜버린 것처럼

밤이 그늘지는 동안에
영영 사랑했는데

실은 가진 적 없으며
꿈의 희극은 내게만 적혔고
이 생에 원래 너는 없었고

여기엔 왜 나만 있는데

나는 물가에 산다

나의 슬픔은 대개
이 좁은 방에서 나가지 못한다
철이 덜 든 눈물은 아직 바깥이 무섭다

늑골 아래
가로로 놓인 검붉은 지붕
튀어나온 수술 흉터 위로 눈물이 고이다가
내가 엎드려 울 때마다
흉터 끝에서 물이 뚝뚝 떨어진다

그렇게 나는 물가에 산다

잠의 껍질

잠의 껍질이 너무 두껍다. 바깥 야간 조명들의 귓속 말이 번쩍거리는 샛길의 형태로 침대 옆을 지나간다. 내가 건너가야 할 곳이 저기 멀다. 꿈인 듯이 공고하게 모사된 환영의 강물 아래에서 돌을 하나 건졌다. 돌에는 열패감으로 점철된 하루가 번식해가고 있다. 잠의 껍질 위로 균체가 뒤덮는다. 정신을 차리고 둘러보니 나의 강물 바닥에는 열패가 퇴적되어 생긴 돌이 천지다. 언제까지 실패하는 하루를 살게 될는지. 잠의 내벽으로 입성하는 것에 실패함을 직감하고서부터 필연적인 생각과 욕망들이 범람하기 시작한다. 응달 아래서 수초가 자라버린 나의 실체와 두려움이 몰려든다.

잠은 이제 더욱 뚫기 어려운 과육 사이로 깊게 숨어버린다. 눈을 감고서 어둠의 성벽에 가만 선다. 위로와 포옹으로 그 성벽을 허물기 시작한다. 위로와 포옹은 흰색이다. 하는 수 없이 불을 켜는 꿈의 세계. 잠의 껍질은 흰색을 띠는 것들에 특히 취약하다. 하루 내내 몸을 숨기고 있던 낮은 웃음소리와 안도하는 시절들이 꿈의 세계로 달려오기 시작한다. 넘어지지 않을 속도로 잠을 겨냥하는 무수한 탄환. 숨을 내쉬며 잠의 껍질을 에워싼 열패감과 불면의 균체를 털어낸다. 기도는 잠을 방해하는 환상통에 처방전이 된다. 잠이 도망친 과육 위에 적은 거룩한 기도문이 결국은 잠을 찾아낸다. 머릿속에 붐비는 열패감과 하루의 노역이 불을 끄기 시작한다. 잠의 껍질은 이내 없고 발이 푹푹 빠지는 푸석한 과육도 더는 없고 울퉁불퉁한 씨앗만 남았다. 잠의 맨얼굴이다. 그 딱딱한 베개를 베고 눈을 감는다. 불면의 연장전이 드디어 끝이 난다.

눈물의 쓴맛

지하 2층 주차장
반듯한 광물처럼 나란히 박힌
채굴되지 않은 자동차 안에
그 애와 한참을 거기 있다

어떤 눈물은 용도에 따라
쓴맛이 난다
그 애가 울어서 나도 쓰다

주차장 통로를 따라서
서리서리 올라 밖으로 빠져나오니
내리고 있는 검은 비
실수로 열어둔 창 안으로
시트가 젖는 줄도 모른 채

그 애 때문에 다 열어둔 마음 안으로
비가 된통 들어와

옷이고 이불이고 전부 젖어버렸다

아마도 마르는 데 아주 오랜 시간이 걸리겠다

재봉틀보다 미싱

벽화의 패턴도 아닌 것이 죄다 '철거'가 주홍 글씨로 나열된 좁은 골목은 다른 곳보다 가을이 이르게 찾아옵니다. 물론 가을이라는 사실을 실감케 할 수형이 반듯한 가로수나 가을꽃이 조경된 것도 마땅히 없는, 막막하도록 삭막한 골목입니다만 어디선가 불고 불어 떠밀려 온 몽돌 같은 마른 낙엽들이 즐비한 것으로 이른 가을을 추정할 뿐입니다.

곱은 손이 수어로 떠드는 골목의 모서리, 기역 자로 등이 굽은 노인이 수레에 기대어 쉬는 철거의 종착지에 이른 가을은 익어가는 풍족함보다는 웃풍을 걱정하기 시작하는 날일는지도 모르겠습니다. 금이 쩍쩍 갈라진 주택에 핀 누수 자국 옆으로 몇 안 되는 낙엽들이 들러붙습니다. '철거'라는 글씨 옆에 붙은 낙엽이 흡사 결연한 마침표 같기도 합니다.

골목의 가장 낮은 자리에 밝은 빛이 존재합니다. 반

쯤 열린 틈 사이로 드르륵드르륵, 재봉틀 돌아가는 소리가 한창입니다. 예순쯤 되어 보이는 봉제공들이 일제히 검은 옷감에 지퍼를 달고 있습니다. 아니, 자크라고 해야 할까요. 아무튼 봉제가 끝난 검은 옷은 재봉틀로부터 탯줄이 잘리고 봉제공의 오른편에 그들의 그림자처럼 막연히 쌓여갑니다.

지퍼보다 자크가 더 익숙하듯이 아직도 재봉틀보단 미싱이 더 익숙합니다. 미싱 소리가 귀에 익을 무렵 떠오르는 것이 있습니다. 할머니를 시집보내며 증조할아버지께서 일본에서 들여와 혼수로 보냈다는 미싱. 장녀인 우리 엄마까지 해서 다섯 자식의 옷을 해 입히고 평생토록 다친 마음도 손수 깁고 기워 살다가, 더는 남은 마음도 그리고 몸조차도 없어져 이제는 할머니의 장녀가 쓰고 있는 미싱. 우리 엄마도 다 낡은 삶을 자꾸 깁는 데 쓰느라 버리지 못하고 있는 그 미싱 말입니다.

　　골목의 가장 낮은 자리에서는 봉제공들의 미싱이
드르륵드르륵 돌아가고 있고, 십자가도 없는 개척교회
에서는 노인들의 찬송가 부르는 소리와 마디가 붉거진
손들의 조용한 박수 소리가 들려오고 있습니다.

욕심의 반작용

그는 욕심이 몹시도 많았다. 그는 욕심이 많아서 모든 것을 악착같이 품에 안고 싶어 했다. 마음이 식은 애인부터 시작해서 희락과 사랑, 환희와 노래 같은 것들을 주로 안았다. 그쯤에서 멈췄다면 그는 지금보다 조금은 더 오래 살았을지도 모른다. 그는 더 많은 것을 안기 시작하면서 스스로 끌어안은 것들의 날카로운 부위에 자주 찔리고 피를 흘렸다. 가령 빚과 공과금, 쓰러진 엄마의 병간호, 수년간의 염증과 잔혹한 궁핍 같은 것들이 주로 그를 살해했다. 그는 열쇠도 필요 없이 문을 열어두었지만 아무도 조문 오지 않았다.

그는 행성 불운이 적힌 칸의 은바운 동전으로 긁었다. 자기도 모르게 폭풍우가 예보된 날에만 실수로 창문을 열어놓기도 했다가 가스불을 그대로 켜둔 채 냄비에 눌어붙을 때까지 스스로의 삶을 밤새 태우기도 했다. 그는 자신의 욕심이 죄가 되는 것을 알아가고 있었다.

그래서인지 그는 와락 우는 날이 많아졌다. 서서 울었다가 옆으로 돌아누워 울었다가 식탁에 걸터앉아도 울었다가 쭈그려 앉아 신발 끈을 동여매다가 울기도 했다. 그는 울었고 울고 울 것이었다. 우는 행위가 갑자기 시작된 게 아니라고 그는 스스로 생각했다. 엄마는 눈물의 소금기로 그의 사주팔자가 쓰였다나 뭐라나 한다. 그는 엄마의 이목구비 중에 욕심과 결핍을 가장 닮았다.

그는 욕심이 몹시 많았지만 뭐 하나 제대로 소유하지도 못하고 초라하게 끌어안은 것들에 사정없이 찔리고 또 찔렸다. 비는 일 년 내내 그치지 않는데 그가 서 있는 흙은 모래나 다름없었고, 삶의 늑골은 바짝 말라서 재채기를 할 때마다 자주 부러졌다.

그는 오늘도 오천 원어치 복권을 사다가 또 불운이 적힌 칸의 은박을 동전으로 긁었고, 밤새 가스불을 켜 두어 또 그의 삶을 전부 다 태워버렸다.

꿈만 같은 꿈

언제 무슨 이유로 헤어졌는지도 기억나지 않는 옛
애인을
꿈속에서 우연히 만났다

"이거 꿈이구나"
"그러게 나도 꿈만 같아"
"아니 그 꿈 말고"
"응, 꿈만 같은 꿈이지"

꿈만 같은 꿈에서
도저히 깰 자신이 없었다

you're the moon
and the world is
a lonely wolf, it cries
at the sight of you
for you are glorious
and so out of reach

nee
by so
and if i k

필요해요

아무도 없는 태양계에서 오랫동안 외울 슬픈 시가
필요해요

텅 빈 우주에 이곳저곳 붙일 야광별이 필요해요
턱을 괴고 잠들 수 있게 고리가 있는 행성 모양으로요

망망한 고독을 떠올릴 수 있는 진흙으로 된 바다가
필요해요
해안선은 최대한 복잡해야 해요
그래야 도착하기 전에 울음을 다할 수 있거든요

불행이 이미 걸어간 곳을 따라갈 수 있는 로드맵과
품에 안고 있으면 천년의 속마음도 전부 녹음할 수
있는 기계가 필요해요
자는 동안에 당신의 이름을 계속 재생할 수 있도록요

불 꺼진 유원지로 언제든 떠날 수 있는 티켓과

좌선법 우선법으로도 영원히 탈출할 수 없는 불멸
의 미로 공원이 필요해요

처음 만났던 버스 정거장이 필요해요
오지도 않을 버스가 왠지 정차할 것만 같고 집 앞에
서 내려줄 것만 같은
그때의 정거장 그대로의 모습으로요

아무도 없고 빛도 소리도 없는 이곳을 기록할 수 있
는 캠코더가 필요해요
촬영 날짜가 기록되는 기능은 없었으면 해요
나 혼자 있던 시간을 가늠하기 싫으니까요

아무도 없는 망망한 태양계에서 오랫동안 사랑할
것들이 필요해요
억겁의 시간 동안 죽지 못하는 외로움이 외계로 충
분히 웃자랄 수 있도록

나에게는 더 큰 슬픔이 필요해요

동행

시간의 지층 위를
함께 걷는 동안

나는 너에게서
사랑의 생애를 관조한다

적요 속에 죽어가는 것을 보면서
사랑은 수명이 길지 않은 생물이라는 것을 배운다

삶의 보색은 삶

이는 바람에 맥박이 뛰는 수풀의 녹색들을 보세요
자전하는 바퀴들이 어지럽게 굴러가다 멈추기를 반
복하고
수많은 전선 위로 소음들이 먼지처럼 쌓이는 순간
도요
옥수수밭 위 거친 활주로를 비행하는 벌떼들의 항
로와
향기로운 생명들이 만끽하는 소리의 악보까지도요

고개를 들고 하늘의 빈칸을 보세요
그리고 그 빈칸에는 어떤 구절이 적히는지도요
나에게는 얼마나 많은 빈칸이 있나요
내 외로운 이름은 누군가에게 얼마큼 불렸으며
나는 얼마나 희미해졌나요?

부르튼 마음에는 멍든 발자국이 많아요 그렇죠?
삶 위로 엉킨 먼지를 털어내면

시라는 글자가 남는다고
시처럼 가난한 아버지가 건넨 말씀이 떠올라요
저는 시라는 것을 지나간 흉터들을 외우는 일이라
고 하겠습니다

잔물결처럼 나무의 그림자가 파동하는 풀밭을 보세요
바람이 만들어낸 개울에서 헤엄하는 나비들과
노랑종꽃이 물들인 시선의 빗금도요

나에게는 어떤 삶이 남아 있나요
살고 있다는 것이 정말 괜찮을까요

삶의 보색은
결국 또 삶이기에
희미해진 나에게 세상의 색을 덧대며
다시 한번 해보겠습니다

해피 벌스데이 투 미

해피 벌스데이 투 미
사랑하는 나에게
흰 케이크에 형편만큼의 초를 꽂고
태어날 적 스스로 폐호흡을 시작하며 마셨던 세상
의 첫 공기와
첫울음을 아껴뒀다가
생일 때마다 조금씩 꺼내다 초를 끈다
해피 벌스데이 투 미
일 년 참 잘 살아낸 것을

밖에는 흰 생크림이 펄펄 내리는 것만 같고
온 길거리가 모두 케이크이고
도로의 차들은 생일 촛불처럼 헤드라이트를 반짝이며
해피 벌스데이 투 미

도장과 통장 그리고 서류 몇 가지를 챙겨 나왔다

여기다 도장 찍으시면 돼요 도배장판은 이미 다 됐
어 올수리라니까 이제 담배 냄새는 안 날 거예요 전세
금 떼일 일이 이 동네에 뭐가 있어
해피 벌스데이 투 미
사랑하는 나에게 형편만큼의 집을 선물하며 돌아오
는 길

생일 축하한다
미역국은 먹었고
계약 잘했느냐 주인 인상은 어째 좀 좋더냐 사는 거
힘들어서 어쩌냐 도움이 못 돼서 미안하다 아빠가

목소리 하나로 모든 게 괜찮아지는
한겨울 생일 파티
눈이 펄펄 내리는 거리에서
흰 입김을 내쉬며 세상의 촛불을 마저 끈다

해피 벌스데이 투 미

겨울의 질감

겨울의 질감은 옷감의 마모가 만드는 보풀과도 같다. 그리고 그 질감은 바람의 포물선을 망가뜨리지 않을 만큼의 성긴 밀도이며, 찬 기운을 머물게 하면서도 역설적으로 온기가 공존할지도 모르겠다는 소원을 품게 만드는 그 질감이 나에게는 겨울인 것이다.

가을과 겨울의 경계에 두 발을 엇걸어 서 있을 때에는 겨울로 넘어가는 일이 마치 영원한 추위의 벼랑으로 추락하는 일이라고 느끼기도 했다. 내가 태어난 계절임에도 겨울은 왜 일어날 힘조차 얼어붙게 만드는지. 얼어붙은 땅을 버티고 서 있다가 하도 넘어져 삶의 뼈가 다 부러져버린 탓이다. 겨울은 그렇게 삶 건너의 연옥이 비치는 거울이었다.

기침처럼 폭설이 쏟아지는 밤에 나는 그 사람과의 멀지 않은 여생을 생각했다. 연옥에서 나를 건지러 온 구세군, 마음에 살얼음이 낄 때마다 구세군의 종소리로 내 삶이 얼어붙지 않도록 밀물처럼 잔잔한 파문을 건넸다. 마음이 얼지 않는 것만으로도 아침에 눈을 뜨는 것이 더는 눈물겹지 않을 수 있다니.

겨울에 태어난 두 사람이 서로의 삶을 절반씩 내어 포개었다. 보풀이 더욱 두터워지도록, 성긴 겨울의 옷감이 포개어져 추운 웃풍을 막을 수 있도록. 지문의 굴곡 사이사이마다 우리의 보풀에 담긴 겨울바람의 흔적을 헤아려보았다. 바람은 그리 춥지 않았다. 겨울과 겨울이 포개었는데도 삶이 더 추워지지 않는 것에 감사했다. 나와 그 사람의 경계에 두 발을 엇걸어 서 있을 때는 꼭 사랑이라는 낱말 아래로 바닥도 없이 투신할 수 있을 것 같았다.

겨울의 질감에는 나의 보풀과 그 사람의 보풀이 한데 얽혀 있다. 혼자서 감당하기 어려운 계절을 함께하면서 서로가 서로의 밀도가 되고, 구세군의 종소리가 되고, 또 더는 얼지 않는 부동의 사랑이 된다.

소낙눈이 계속해서 내리고 있다. 눈물겨울 만큼 따뜻해진 겨울의 질감이 허공의 찬 기운 사이로 느껴지기 시작한다.

운문

아빠는 평생토록 말수가 적었다. 유년의 내게 아빠가 가르쳐준 언어는 문장으로 응집되는 것이 아니었고 침묵을 빌미로 한 몸짓으로부터 학습되는 것이었다. 육신으로 먼저 인생을 움직이면서, 겨우내 준비했던 장작보다 단단한 낱말 몇 가지로 굵직하고도 마뜩한 세상의 어법을 내게 알려주었다. 문장보다는 단어의 나열에 더 가까웠던, 아빠와 나만이 이해할 수 있는 세상의 열거법이었다.

아빠는 자동차를 만들다가 외환위기 이후로 액자를 짜기 시작했다. 당시 지금의 나보다 젊었던 육신의 삶을 가불하면서 아빠는 생계 앞에 자주 항거했고, 말로 한다고 해서 해결되는 것은 없다는 걸 태초부터 깨달은

고승처럼 말수는 한결같이 적고 또 적었다. 그래서였는
지 나는 아빠에게서 대화를 배우기보다는 단어와 단어
사이에 움푹 파인 침묵의 고랑 같은 것들을 먼저 배우
게 되었다.

　여타 또래의 유년들이 부모에게 상속받은 문장으로
부터 바깥의 세계를 배워나가기 시작할 때, 나는 아빠
의 잔기침이나 끔벅이는 눈짓으로부터 세계의 묵직함
을 배웠다. 그리고 액자의 아귀를 맞추는 데 필요했던
모스경도가 높은 단어들로부터 이 험한 세계를 향한 망
치질을 배웠다. 그가 내게 남긴 것은 말이나 문장 또는
흔한 설명이나 부대끼는 관심이 아니라 강인한 행동이
자 오래 묵은 여운이었다. 친절한 산문보다는 우직한
운문에 가까웠던.

　덕분에 내 세계는 아빠의 묵묵한 어법으로 인하여 직
유의 시로 직조되었다. 억세고 단단한 단어들이 먼저
뿌리내린 나의 유년, 그때 배운 침묵은 내가 유일하게
상속받은 모국어였으며, 나에게 아빠는 첫 번째 스승이
면서 동시에 처음으로 사모한 나만의 시인이었다.

혼자 잘 살아보겠습니다

새벽을 몰아내듯 잠잠히 가스불 위에 냄비를 올립니
다. 물을 붓고 칼을 비스듬히 뉘어 마늘을 다져둡니다.
오래도록 끓여도 알싸함을 뺏기지 않을 정도로 알맞은
크기로요. 마른 소창을 두부의 머리끝까지 덮어 물먹은
과거를 적당히 말려둡니다. 졸음이나 허기 같은 재료들
은 뚝뚝 끊어다가 미리 냄비에 넣고 함께 끓이기 시작
합니다. 나 하나를 위한 이 일용한 양식이 더욱 풍족해
지길 바라면서요.

보글보글 끓어오르는 물의 산맥이 요동칩니다. 넘치
지 않도록 끓는 물의 순간적인 골짜기에다 미끄러지듯
재료를 낙하시키면 성공입니다. 다이빙 선수가 허공의
춤을 끝낸 후 물속으로 흔적도 없이 사라지면 이내 관
중석에서 환호가 쏟아지듯이, 요동하는 물속으로 두부

와 마늘, 풍요한 재료들 그리고 지난했던 외로움 같은 것들이 성공적으로 들어가는 순간 오늘 하루의 메달리스트가 된 듯이 속으로 쾌재를 부릅니다.

내가 좋아하는 밤색 식탁은 할퀴고 멍든 건과일처럼 많이도 다쳤습니다. 마음 졸이며 사는 날들이 몹시도 많아 군데군데 눌어붙은 자국이 있고, 눈물이 말라 생긴 소금 자국도 가득합니다. 내가 좋아하는 이 식탁을 집으로 가져온 것도 나, 망가뜨린 것도 나이기 때문에 딱히 속상할 것도 없습니다.

앞 건물이 대부분 가려버려 재미가 없어진 창밖에서 반 평 남짓도 안 되는 일출이 몰려듭니다. 식탁 위에 냄비 받침을 놓고 맛있게 끓여진 하루의 시작을 가지런히 올려놓습니다. 순수하고 담백한 밥 한 공기를 준비하고요. 마음이 눌어붙은 자국과 소금 자국 위에다가도 반찬 몇 가지를 툭툭 올려놓습니다.

오늘은 어떤 두렵지 않은 하루를 살게 될까요. 어느 시련 속으로 다이빙 선수처럼 몸을 내던지게 될까요.

잘 먹겠습니다. 그리고 오늘 하루도 혼자 잘 살아보겠습니다.

함께 추락하러 왔어요

초판 1쇄 인쇄 2026년 2월 4일
초판 1쇄 발행 2026년 2월 26일

지은이 서덕준
펴낸이 최순영

출판1 본부장 한수미
라이프 팀장 곽지희
편집 곽지희
디자인 김준영

펴낸곳 ㈜위즈덤하우스　**출판등록** 2000년 5월 23일 제13-1071호
주소 서울특별시 마포구 양화로 19 합정오피스빌딩 17층
전화 02) 2179-5600　**홈페이지** www.wisdomhouse.co.kr

ISBN 979-11-7591-036-2 03810